BELLE PRISE

KATE CANTERBARY

Traduction par
EMILIE CHIRON

Traduction par
VALENTIN TRANSLATION

VESPER PRESS

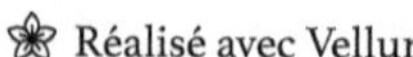 Réalisé avec Vellum

BELLE PRISE

Prends des vacances, m'ont-ils dit. Évade-toi des coups en douce et des luttes de pouvoir de la Silicon Valley. Recharge tes batteries créatives. Lâche-toi et reviens-nous plus fort que jamais.

Au lieu de quoi, je me suis perdu en mer et je suis tombé amoureux d'un pêcheur de homards asocial.

Il n'y a qu'un petit problème :
Owen Bartlett ignore qui je suis. Qui je suis vraiment.

———

Je n'aime pas les gens.

J'évite les discussions anodines et les relations sociales, et je chasse mes partenaires du lit avant le lever du jour.
Pas d'attaches, pas de promesses, pas de problèmes.

Jusqu'à ce que le bateau de Cole McClish dérive à Talbott's Cove et que je bafoue toutes mes règles pour ce marin sexy.

Je ne connais pas l'histoire de Cole ni ce qu'il fuit, mais une chose est certaine :
Je ne le laisserai pas fuir loin de moi.

AVANT DE COMMENCER...

*Si vous cherchez des musiques pour vous mettre dans l'ambiance,
écoutez la playlist Fresh Catch sur Spotify.*

*Inscrivez-vous à la petite newsletter de Kate Canterbary, pour
connaître les dernières infos sur les nouvelles parutions, les épilogues
bonus et les gâteaux. Il y a toujours des gâteaux.*

PRÉFACE

Je veux que tu saches
une chose.

Tu sais ce qu'il en est :
si je regarde
la lune de cristal, la branche rouge
du lent automne de ma fenêtre,
si je touche
près du feu
la cendre impalpable
ou le corps ridé du bois,
tout me mène à toi,
comme si tout ce qui existe,
les arômes, la lumière, les métaux,
étaient de petits bateaux
qui naviguent
vers ces îles à toi qui m'attends.

« Si tu m'oublies » de Pablo Neruda

CHAPITRE 1

COLE

— OH, MAIS PUTAIN ! CRIAI-JE.

Mon poing atterrit sur le boîtier du sonar. Je savais que c'était le seul instrument qui fonctionnait. Mais désormais, l'écran était noir.

— Merde, merde, *merde*.

Ça ne présageait rien de bon. J'étais officiellement dans la merde, et encore plus que d'habitude.

Je laissai tomber le système de navigation défaillant du bateau et entrai en trombe dans les quartiers du capitaine pour prendre mon ordinateur et des outils. Il faisait sombre ici, plus qu'au gouvernail, ce qui décupla mes sens. L'air estival était lourd et dense, et de la sueur coulait dans mon dos. Mon ventre gargouillait et ma vue se troublait à force de chercher des rochers et un rivage au travers du voile épais de la nuit.

J'avais envie d'une climatisation, d'un whisky, de sushis et d'une bonne nuit de sommeil. Dans cet ordre-là.

— Ça, ça m'étonnerait, murmurai-je en retournant au centre de contrôle du bateau.

L'écran indiquait que je n'étais qu'à quelques minutes de

ma destination, le port de Newburyport, mais la mer et le littoral étaient sombres. Trop pour être près d'une ville portuaire.

Si je n'avais pas vu le phare allumé au loin, je me serais cru à des kilomètres de la terre ferme.

— Si c'est ça qu'on récolte pour avoir investi dans des start-ups, alors elles peuvent bien aller se faire foutre, marmonnai-je.

Je grognai à cette idée et me mis à dévisser le panneau de bord. Si je n'avais pas investi dans des start-ups, je n'aurais pas été le plus jeune milliardaire de l'Histoire. Cependant, fonder une entreprise qui contrôlait tout Internet et la faire connaître de tous n'était pas aussi prodigieux et brillant que ce que les médias semblaient le dire.

D'après les déclarations publiques de l'entreprise, j'étais en congé sabbatique. C'était une bonne façon de faire la une des journaux, et ma porte-parole était parvenue à raconter certaines anecdotes intimes de mon enfance où j'adorais naviguer pour que ça ait l'air d'autant plus authentique. C'était pratique que j'aime en effet naviguer. Ou du moins, *j'avais* aimé naviguer, quand je passais mes étés à aider mon oncle qui personnalisait des bateaux à Morro Bay. C'était une éternité auparavant, toutefois.

La vérité, c'était que mon comité de direction m'avait éjecté du poste de PDG quand ma toute dernière initiative n'avait pas répondu aux attentes de la Silicon Valley. Le projet DaVinci était censé bouleverser l'industrie. À la place, ce fut un échec retentissant qui ne rapporta rien d'intéressant à mon entreprise.

Finalement, les milliards dépensés dans ce programme n'étaient pas aussi douloureux que l'avalanche de critiques faites par la mauvaise presse.

C'était la première fois que je prenais un *vrai* congé, sans une once de travail, depuis que j'avais bâti l'entreprise dans mon appartement situé à trois pâtés de maisons de l'Université d'Harvard, sur le campus de Cambridge dans le Massachusetts. Je n'étais pas du genre à prendre beaucoup de vacances ou à aimer l'aventure. J'étais comme tous les programmeurs aux idées embrouillées par le Red Bull. Je trouvais qu'il m'était plus facile d'admirer un codage astucieusement construit que le monde autour de moi.

Je détestais ces excursions pourries inspirées par les agences de communication. Si je n'en avais rien eu à foutre que le cours de mes actions dégringole, j'avais davantage crisé quand le comité m'avait dépouillé de mes fonctions et m'avait attribué un titre bidon. Passer de PDG à directeur général de l'innovation, c'était une rétrogradation brutale et sévère.

J'étais connu pour ça, pour péter les plombs. Je n'en étais pas vraiment fier, et j'avais tout fait pour contrôler mon mauvais caractère au début de mon succès, mais celui-ci ne me quittait toujours pas. Toute trace d'impatience était caractéristique de ma façon illustre de diriger, connue de tous et résumée par les mots : Cris, Licenciements et Lancers d'objets. Des gens avaient écrit des livres qui déballaient tout, sans se soucier de violer les accords de confidentialité. Les lèche-culs appelaient ça le nouveau genre de meneur perturbateur. Ceux qui ne m'aimaient pas demandaient à Amnesty International de m'ajouter à leurs listes de surveillance.

J'avais changé après toutes ces années. Mais mon histoire ne se réécrivait pas. Contrairement au milieu qui évoluait toutes les nanosecondes, mal agir la moitié de sa vie était retenu pour l'éternité.

Je n'étais plus le geek au dos voûté qui avait changé la façon d'aller sur Internet. J'étais toujours arrogant et plus condescendant que nécessaire, mais je gardais désormais tout ça sous mes vestes faites sur mesure. Ma cheffe du personnel,

Neera Malik, m'avait appris à me comporter en entreprise et m'avait fait reconnaître l'impact négatif qu'avait mon comportement débile sur les investisseurs, le cours des actions et les humeurs lunatiques de la Silicon Valley.

Je ne m'étais jamais rendu compte à quel point mon attitude était importante. J'avais toujours pensé que mon travail devait – et devrait – suffire. Mais j'avais appris à mes dépens à quel point la manière dont je gérais les choses importait. Je n'avais pas à aimer mes manières. Je n'avais pas à être d'accord. Mais je devais faire avec, si j'avais l'intention de rester dans ce domaine.

Et, avec tout ça, j'étais perdu et seul dans l'océan Atlantique nord. L'argent, les relations, la pseudo-célébrité, l'illusion du pouvoir... rien de tout ça ne pouvait m'aider en cet instant. J'étais le seul qui pouvait m'aider. J'étais tout seul ici.

Le système de navigation déconnait, les tableaux électriques faisaient des étincelles, et en essayant de trouver la balise, je percutai la tour de serveur en acier inoxydable.

Ça faisait presque vingt ans que je n'avais pas navigué. À présent, le visage dégoulinant de sang dans la pénombre, j'échouais à ça aussi.

Ce fut à ce moment-là que les pirates débarquèrent.

CHAPITRE 2
OWEN

Il y avait un voilier dans ma crique.

J'étais en train de lire sur le porche, seul avec les scarabées japonais qui m'observaient de l'autre côté de la moustiquaire. J'éprouvais un sentiment de satisfaction en buvant une bière et en lisant du Whitman, jusqu'à ce que j'aperçoive une lumière à l'embouchure de la crique. Je l'observai longuement avec un air las avant de poser mon livre.

Les épaules alourdies par le mécontentement, je me levai. Cet endroit était reculé, bien éloigné des routes classiques empruntées par les yachts luxueux et les pêcheurs sportifs. Les seuls visiteurs dans ces eaux étaient des locaux, et ils ne venaient pas à cette heure de la nuit.

Ça ne laissait que deux options pour ce voilier : soit une dérive, soit une intrusion.

Bon, les eaux n'étaient pas à moi, mais toute la terre ferme qui entourait le rivage m'appartenait. Peu m'importait que ce marin soit perdu ou qu'il cherche un coin calme où jeter l'ancre pour la nuit, il allait d'abord avoir affaire à moi.

Je lançai à mon fauteuil à bascule un regard sinistre avant de quitter le porche. Les insectes se dispersèrent quand la porte à moustiquaire claqua derrière moi. J'empruntai préci-pitamment les escaliers étroits en bois qui reliaient ma maison et le phare attenant au quai. Un vieux bateau y était amarré, en face d'un bateau de pêche aux homards tout aussi vieux.

Avant de larguer les amarres, je plissai les yeux sur l'eau. L'intrus se rapprochait et, à l'évidence, ne prévoyait pas d'opérer un demi-tour ou de demander de l'aide. Ces eaux étaient protégées. Des espèces en voie de disparition vivaient ici et autour de la côte rocailleuse. Les bateaux à coque et de cette taille laissaient un sillage suffisamment grand qui pertur-bait ces colonies fragiles. Le bateau aussi était en danger, non pas que je m'en souciais. S'il se rapprochait, il était susceptible de s'échouer et c'était encore pire pour la conservation des espèces.

Il est temps de montrer à ce marin comment retourner en eau libre.

— C'est bien trop tard pour cette merde, râlai-je en allu-mant le moteur du bateau.

Je pouvais compter les heures qui me séparaient de la journée suivante où j'allais remonter des pièges à homards et transporter les prises de la journée aux marchés aux poissons qui longeaient la côte. Néanmoins, c'était ma crique à moi seul. Je veillerais à la préserver, comme depuis presque deux décennies, même si je me réveillais fatigué et grincheux demain.

J'étais fatigué et grincheux la plupart des matins. Pour mon caractère, j'accusais le travail éreintant de pêcheur de homards qui faisait tout pour survivre. Ce n'était pas la seule raison cependant. La vie sur l'océan n'était pas facile, et alors que les années passaient, j'étais de plus en plus convaincu que j'étais destiné à une existence solitaire.

Et ça faisait sens. Je n'aimais pas la plupart des gens et détestais partager ma couche. Ma philosophie était simple :

entre chez moi, j'entre en toi et rentre chez toi. Pas besoin de compliquer les choses. Pas de raison de devenir fou avec ces programmes de rencontres en ligne. Taper mes informations sur Internet ne me convenait pas. Ça ressemblait à un grand trou noir de comptes en banque et de préférences sexuelles, et je ne voulais pas entrer dans ce bordel.

Non, je préférais ma vie structurée et ordonnée sans tout ça. Les gens, les rencontres, la soi-disant époque du digital, je n'en avais pas besoin, pas quand c'était assez facile de me consacrer occasionnellement à un coup d'un soir fortuit en dehors de cette petite ville.

Chez moi, en toi, terminé.

— Oh, mais putain, maugréai-je en remarquant les lumières du voilier en effraction clignoter.

Ce n'était bon signe pour personne.

J'effectuai deux cercles autour du bateau. Le moteur de mon bateau s'affairait alors que je ralentissais. Ça suffisait largement pour alerter ma présence à l'équipage, et n'importe quel matelot qualifié m'aurait remarqué maintenant. Rien de tout ceci n'était normal.

Avec un souffle, je jetai mes bouées par-dessus bord et montai sur le pont de l'intrus. J'appelai le capitaine, espérant avoir une discussion rapide sur la préservation des espèces du littoral et sur la route à prendre pour le port le plus proche.

À la place, je me retrouvai face au canon d'un fusil de chasse.

— Bienvenue à Talbott's Cove. Maintenant, baissez votre arme, Capitaine, dis-je.

— Je connais les lois maritimes, et je sais que je ne vous ai *pas* invité à bord, répondit une voix dure.

Elle était dure, mais avec un léger tremblement.

D'un mouvement habile, je saisis l'arme et les munitions tombèrent sur le pont.

— Non, en effet, confirmai-je. Cependant, vous dérivez vers le nord-ouest et vous êtes à quelques minutes près de vous échouer. Si ça ne suffisait pas, vous vous trouvez dans une réserve écologique qui n'est ouverte qu'aux petits bateaux. Vous risquez une amende de dix mille dollars et surtout, vous avez gâché ma nuit.

Je n'avais pas réussi à bien voir le capitaine qui brandissait le fusil. Il faisait trop sombre et la lumière de la lune était cachée derrière les nuages. On ne distinguait pratiquement que des formes, et l'homme était à l'abri dans l'ombre du mât. Cependant, alors qu'il s'approchait, les yeux grands ouverts et apeurés, je me rendis compte de certaines choses.

Tout d'abord, il était blessé. Son front était fendu d'une vilaine balafre, son polo BCBG était couvert de sang et ses mains tremblaient.

Ensuite, il était costaud ; plus costaud que ce à quoi je m'étais attendu pour un homme qui laissait son arme faire les présentations. Il avait une ample poitrine, de larges épaules, des biceps tendus sous ses manches et de fortes cuisses puissantes. Il avait les cheveux clairs, entre le blond et le brun, bien qu'il ait les yeux foncés. Je lui aurais donné la trentaine, en tout cas moins de dix ans de différence avec mes trente-neuf ans.

Enfin, il m'attira tout de suite. Je ne pouvais expliquer pourquoi je trouvais cet homme si sexy que mon cœur s'accélérait, et je ne voulais pas non plus m'attarder sur la réaction qu'il me provoquait.

— Il faut que vous sortiez de cette crique, dis-je.

Il recula presque face à mes paroles sèches et brutales. C'était l'un de mes nombreux problèmes. J'étais un méchant fils de pute quand je m'y mettais.

Le capitaine désigna le bateau d'un geste.

— J'ai plus de jus, déclara-t-il avec un haussement

d'épaules pitoyable. Tout marche à ça. La carte mère du système de navigation a fondu. Et...

Il leva son visage vers le ciel sombre.

— Y a pas assez de vent pour faire gonfler les voiles.

Je contemplai la mer calme.

— Et l'équipage ? Ils ne peuvent pas utiliser du chatterton et tout réparer ?

Il secoua la tête et répondit :

— Pas d'équipage. Il n'y a que moi.

Bon, ceci expliquait cela, bordel. Un tel bateau et un capitaine vêtu de cette façon justifiaient le besoin d'un nombre excessivement grand d'hommes d'équipage. On ne naviguait pas seul sur un tel bateau.

— D'accord. Je vais appeler par radio le garde-côte. Il vous remorquera jusqu'à Portland.

Mes yeux furent à nouveau attirés par son polo blanc moulant. Il était bien bâti, mais du genre soigné et délicat. Sa carrure n'était pas due au dur labeur, mais à la discipline et, sûrement beaucoup d'argent. Je ne pouvais dire ce que j'en pensais. Détournant mon attention de son torse, je regardai avec mépris ses nouveaux mocassins lustrés.

— Ou Bar Harbor. C'est peut-être plus votre genre.

— C'est là que je suis ? demanda-t-il. Dans le Maine ?

Il sortit un bandana de sa poche arrière et le pressa sur son front. Ma poitrine se gonfla de chaleur. Ça me démangeait de lui prendre le tissu et de m'occuper moi-même de cet homme. C'était un autre de mes problèmes : malgré mes airs d'ours mal léché, je me souciais des autres. Je ne savais pas comment faire taire mes sentiments ou ne pas m'inquiéter. J'étais toujours là, à attendre de couvrir de baisers une personne. Une personne qui repousserait mon désir inépuisable de dorloter.

— Vous êtes à cinquante kilomètres au nord de Bar Harbor. Donc oui, dans le Maine, affirmai-je.

— Bar Harbor est à l'opposé de ma destination, dit le capitaine en riant alors que ses mots n'avaient rien de drôle ou de frivole. Il n'y a rien plus près ? Écoutez, je sais que je vous fais chier là et j'admire votre loyauté pour les mollusques et les pluviers. Vraiment, je suis sérieux. Mais vous ne pouvez même pas imaginer le lot d'emmerdes que je vais avoir si je retourne à la civilisation dans cet état-là.

Il montra son visage blessé, puis le pont.

— Pas ce soir. Juste, je... s'il vous plaît. Il doit y avoir une autre solution.

Je ne pus m'en empêcher.

— Je peux vous remorquer jusqu'au port de la ville.

Le corps du capitaine se détendit, soulagé.

— Merci. Vraiment. Je suis à fond pour la sauvegarde des espèces, et si j'avais pu l'éviter, je n'aurais jamais dérivé dans cette crique.

Il leva le bandana et palpa son front, fronçant les sourcils quand il vit ses doigts ensanglantés. Il plia le tissu avant de le remettre sur l'ecchymose.

— Aucune chance de trouver une épicerie ouverte à cette heure-ci ? Un motel ?

Je regardai ma montre, les mains luisantes dans la nuit noire. Bien sûr, je pouvais réveiller le jeune couple qui gérait la seule et unique auberge du village, mais... non. Ils venaient d'avoir un enfant. Ils avaient bien plus de choses à s'occuper que moi à leur porte. Ce n'était pas nécessaire.

— Peu probable, dis-je d'une voix rauque et impatiente.

Impossible que tout cela finisse bien. Pour moi, pour ma crique et pour ma queue.

— J'ai des chambres libres. Ce n'est pas grand-chose, mais vous êtes le bienvenu. Même si vous devriez savoir que je garde mes armes sous les verrous. Je m'attends à la même chose de votre part.

— Oui. Oui, *bien sûr*, répliqua-t-il. Je n'arrive pas à croire que vous fassiez ça pour moi. Merci.

Je balayai ses remerciements d'un revers de la main.

— Ce n'est rien.

J'étais sincère. Je n'étais pas du genre à avoir des invités, mais je ne repoussais pas non plus des gens dans le besoin.

— Juste... ne vous montrez pas irréfléchi sur l'eau. Vous n'êtes pas le seul à vous mettre en danger, vous savez.

Il secoua lentement la tête, les doigts toujours pressés sur la blessure.

— Je sais. Je suis un idiot. C'est probablement évident là, dit-il doucement, presque à lui-même. Mon système m'a lâché, et j'étais perdu et désorienté.

— Perdu et désorienté, ça tu peux le dire, dis-je dans un souffle.

— Je n'ai jamais braqué une arme sur quelqu'un avant. Ça veut dire ce que ça veut dire, non ?

— Pas autant que vous pourriez le croire.

— J'ai cru que vous étiez un pirate, continua-t-il alors que ses mots se perdaient dans un gémissement. Le mois dernier, j'ai écouté un podcast sur l'augmentation de la piraterie dans le monde, et c'est la première chose à laquelle j'ai pensé. C'est bête, mais c'est vrai.

Je ris. D'un rire sincère et profond, et les lèvres de mon invité se retroussèrent en un sourire triste.

— Et si vous preniez des affaires et veniez avec moi ? Ça vous va ?

— Ça me va bien oui, dit-il, la voix pleine de soulagement. Merci.

— Arrêtez, dis-je en secouant rapidement la tête.

J'étais sincère. S'il m'offrait encore une once de vulnérabilité, j'allais le prendre dans mes bras et le posséder. Et ça ne le ferait pas. Pas du tout. Je n'allais pas ouvrir mon cœur à un homme qui allait certainement partir sans un regard en arrière. Comme tous les autres.

Je retournai sur mon bateau à la recherche d'un treuil et tournai le dos au capitaine. Je ne voulais pas qu'il voie le sourire épris qui pendait à mes lèvres.

CHAPITRE 3
COLE

Je me réveillai avec un mal de crâne violent.

Il me fallut un moment pour me situer, mais les draps modestes et rugueux, usés par les lavages et sentant le savon et la mer, me rappelèrent l'homme imposant qui était monté à bord de mon bateau hier soir.

Il avait dit s'appeler Owen Bartlett quand il m'avait conduit à cette chambre.

Owen et ses grandes mains compétentes.

Owen et son regard silencieux et complice.

Owen et son « Bonne nuit, et... il faudra qu'on fasse examiner votre tête si ça ne s'arrête pas bientôt de saigner. »

Il n'était pas obligé de me ramener ici. Il aurait pu me laisser au garde-côte et s'éloigner sans un regard en arrière. Il avait failli me mettre une raclée hier soir, mais sa gentillesse et sa générosité perforaient sa façade de grincheux.

Je sortis du lit en gémissant quand le martèlement dans ma tête s'intensifia. Je serais retombé sur le matelas, aurais enfoncé mon visage dans les coussins et capitulé face à la migraine, si ma vessie n'avait pas été sur le point d'exploser. Je cherchai à tâtons le couloir et la salle de bain.

Une fois soulagé, je me mis à laver le sang séché sur mon visage. La coupure avait l'air affreuse, comme si je jouais dans *The Walking Dead*. Mon visage était gonflé, et contusionné au niveau de mon nez et d'une joue. Comme d'habitude, je m'étais infligé de sacrés dégâts.

Je me regardai dans le miroir et me rendis compte qu'on me reconnaissait à peine.

J'avais fait la une d'innombrables magazines, en passant par *Forbes, Newsweek, Rolling Stone* et même *Nylon*. Bien qu'on ne me reconnaisse pas aussi facilement que George Clooney ou Justin Timberlake, la majorité des gens savait que j'étais *quelqu'un*. Un visage marquant, mais pas assez pour que les gens s'arrêtent.

Néanmoins, Owen n'avait pas à savoir que j'étais *quelqu'un*. Peut-être était-ce l'occasion de n'être à nouveau personne, seulement pour quelques jours.

Après m'être lavé et avoir enfilé des habits propres, je sortis des lunettes de mon sac. Le martèlement dans ma tête m'empêchait de voir distinctement. Ensuite, je fouillai les poches à la recherche de mon téléphone. J'avais des appels manqués, la messagerie pleine, des mails et des messages qui remplissaient ma barre de notifications. Je les ignorai tous. Je n'avais pas besoin de tout ça en cet instant. À la place, j'appelai la petite entreprise qui fabriquait la plupart des pièces de mon bateau, et exigeai qu'un remplacement complet soit fait.

Ils se confondirent en excuse, me proposant même d'envoyer leurs meilleurs artisans pour réparer mon bateau en personne. Je ne voulais pas. Ils travailleraient bien trop vite pour mes objectifs ici, et même si je ne connaissais pas beaucoup la région, je savais qu'une équipe californienne de customisation de bateaux attirerait bien trop l'attention. Vu que comme moi, ils ne voulaient pas de mauvaise publicité, ils acceptèrent d'envoyer les pièces et de ne pas éventer la nouvelle.

Ils pensaient que je leur faisais une faveur en faisant profil bas. Ils pensaient que je ne me souciais que de protéger mon investissement dans leur firme et non de protéger mon anonymat. Ces situations étaient drôles. À quel point les gens se concentraient sur les choses qui les arrangeaient au lieu de ce que l'arrangement apportait aux autres, en bien ou en mal. Les gens étaient naturellement des enfoirés égocentriques, et je savais ce fait, car j'avais une sacrée expérience dans les hommes d'affaires égocentriques.

J'avais été témoin d'assez de nombrilismes pour aujourd'hui.

J'ouvris alors mon application sécurisée de messages. C'était moi qui l'avais créée et c'était la seule chose à laquelle je faisais confiance pour communiquer avec mon équipe.

Ce qui me fit sortir un rire acerbe de ma poitrine. Je n'étais plus vraiment sûr d'avoir encore une équipe. Mon successeur la récupérerait-il avec avidité en la privant de ses projets et priorités, la laissant patienter dans l'enfer social ? Les PDG appelés à remplacer les fondateurs avaient l'habitude de faire ça. Ils étaient aussi connus pour faire le tri et virer tous ceux en lien avec l'ancien régime. Les journalistes de l'industrie dissimulaient ce fait sous l'expression « établissement d'une culture » ou « rétablissement des valeurs fondamentales ». Mais la vérité, c'était que les nouveaux dirigeants détestaient les serviteurs à moitié loyaux. Ils voulaient des gens obéissants et à leurs pieds, et ils se moquaient de licencier les cadres supérieurs et de semer du savoir institutionnel dans la manœuvre.

Je n'avais pas besoin d'une équipe. Pas vraiment. Les prochaines démarches viendraient de moi.

Je parcourus les messages, ignorant la plupart d'entre eux.

À l'exception de ceux de Neera Malik. Le plus incroyable chez Neera était qu'elle n'avait pas besoin de moi. Elle n'aspirait pas à de grandes choses, elle ne souhaitait pas gravir les échelons, et elle était compétente au point que je la savais capable de résoudre la plupart des problèmes mondiaux si quelqu'un la laissait faire.

Honnêtement, j'attendais juste le jour où les Nations Unies l'appelleraient et exigeraient sa présence imminente pour s'occuper de la faim dans le monde ou négocier des accords de paix. Et elle réglerait ce problème en quelques semaines. Elle était douée à ce point.

Elle était aussi une sacrée connasse, mais elle était trop stoïque et réservée pour que la plupart des gens le remarquent. Son histoire était simple, et plus rare que ce qu'on voulait bien croire. Elle était née en Caroline du Sud peu après que sa famille avait émigré d'Inde. Elle avait eu une enfance pauvre et à l'écart de la société. Elle étudia à Stanford grâce à des subventions, des bourses, des alternances et des prêts. Pendant quelques années, elle enchaîna les emplois étranges dans des start-ups encore plus étranges de la Silicon Valley. Elle retourna ensuite à Stanford pour étudier le commerce. Elle devint l'improbable bras droit d'un grand PDG de la technologie, après qu'il l'évalua dans une compétition d'étude de cas, et l'embaucha sur-le-champ. Elle laissa cette entreprise et son PDG dans un meilleur état qu'ils ne méritaient, et se mit à travailler pour moi peu après mon introduction en bourse.

Ça n'arrivait pas tous les jours, et il ne fallait pas sous-estimer la volonté et le cran de Neera. Elle pourrait travailler dans un cabinet d'avocats pour les bourges, et avait le chic pour réduire les problèmes à leur essentiel. Quoi que ce soit, elle le savait bien avant tout le monde et savait me le dire sans me provoquer des accès de fureur.

Elle savait aussi comment me dire que mes accès de fureur devaient cesser et, comme par magie, elle me transmettait cette information sans me provoquer un autre accès de fureur. Elle était directe avec moi, et j'aimais ça. Nous ne tournions pas autour du pot.

À un moment donné, des lustres auparavant, des rumeurs disaient que nous étions en couple après qu'on nous avait vus ensemble à une soirée locale. Nous étions ensemble, mais pas *ensemble*. Nous avions juste pris la même voiture et les gens s'étaient imaginé que nous baisions à l'arrière du véhicule et dans la salle de réunion. Ça nous avait bien fait rire.

Neera savait que j'étais gay, mais cela ne faisait pas la une. Je ne cachais pas ma sexualité quand on me la demandait directement, mais je ne voulais pas qu'elle me précède. Je ne voulais pas passer pour le PDG gay, l'homo dans le monde (essentiellement) hétéro de la technologie, celui qui devait s'attendre à des questions sur le coming-out plutôt que sur les dernières innovations de l'entreprise quand on l'interviewait. Je voulais séparer ma queue de mon travail, et ça voulait dire que je devais m'assurer qu'elle ne regarde personne.

Quant à Neera, je ne savais toujours pas qui ou quoi lui convenait. À l'exception des choses générales, elle ne parlait pas beaucoup de sa vie privée. C'était à moi de deviner dans ce domaine. De deviner dans tous les domaines.

Donc, je devais répondre à son message.

Neera : Puis-je vous demander : où êtes-vous ?

Cole : En Atlantique.

Neera : C'est une vaste région.

Cole : Côté américain.

Neera : Toujours vaste.

Cole : Ça fait moins d'une semaine que je suis parti. Je ne suis pas Magellan, mais je ne pense pas que j'aurais pu faire New

York–Brésil en si peu de temps. L'explication la plus logique est que je suis quelque part au nord-est de l'Atlantique, et ça me va de ne te dire que ça.

Neera : Dois-je vous faire tracer ?

Cole : J'aimerais beaucoup te voir essayer. Comme si je n'avais pas enterré tout ce qui était traçable sous des milliers de couches de redirection. Et n'importe quelle équipe interne mettrait des mois à retirer toutes les couches et même là, ce n'est pas comme si j'utilisais le Wi-Fi public.

Neera : Très bien. Savez-vous à peu près quand vous serez de retour en Californie ?

Cole : On a réclamé ma présence ?

Neera : C'est toujours mieux quand vous êtes là.

Cole : Ce n'est pas vrai, et tu le sais.

Neera : Je ne suis pas d'accord.

Cole : Attends. Est-ce que le nouveau patron s'attend à ce que je me pointe aux réunions matinales ? Parce que plutôt crever. Je n'ai pas vu la fiche descriptive du poste de directeur général de l'innovation, mais je suis presque certain de ne pas pouvoir innover si je perds mon temps avec des réunions et des conversations structurées aux emplois du temps rigoureux. Si tu prononces les mots « désaccord au protocole » ou « conseils de la dernière roue du carrosse », je vais exploser.

Neera : Ça a l'air difficile pour vous. Gardez votre explosion pour plus tard. Vous savez, l'équipe aime quand vous passez du temps sur site.

Cole : L'équipe comporte plus de 57 000 personnes et le site fait environ la taille d'une île hawaïenne.

Neera : La petite île, sûrement oui.

Cole : Tous ne m'aiment pas.

Neera : Alors vous êtes toujours insatisfaits des équipes d'organisation. C'est compréhensible.

Cole : Insatisfait n'est pas le mot auquel je pense.

Neera : Compris.
Cole : Je t'écrirai. D'accord ?
Neera : Oui. S'il vous plaît, faites-le.

Je soufflai et éteignis mon téléphone. J'avais le ventre qui gargouillait et me dis qu'il était temps de me montrer. J'errai dans le couloir de la maison de bord de mer à la recherche de mon hôte. C'était une longue bâtisse étroite, en pin noueux et en pierre, qui empestait la famille avec sa grande cheminée ancienne et sa cuisine de campagne. La fenêtre au-dessus de l'évier était parée de petits rideaux blancs. De minuscules ancres en parsemaient les bords et, même si la couleur de la broderie s'était depuis longtemps effacée, ils se tenaient là, fiers et droits, comme si on les avait repassés il y a peu.

C'était son genre de maison : vieille, habitée et chérie.

Je m'attendais à trouver une femme aux joues roses en train de rouler une pâte à biscuits ou des enfants aux yeux noisette, peut-être un terre-neuve avide de se faire gratter le ventre.

Cependant, je ne trouvai rien de tout ça.

En découvrant que j'étais seul, je me pris une banane. La journée était bien avancée, j'avais dormi longtemps et sauté le petit-déjeuner ainsi que le déjeuner, de plus je n'avais pas mangé depuis hier.

— À ce que je vois, vous êtes en vie.

Je me tournai, la bouche pleine de banane, et le vis. Une casquette des Red Sox blanchie par le soleil cachait presque tout son visage. Owen et sa voix rocailleuse, et son corps qui me donnait envie de lui arracher ses vêtements.

Les hommes comme lui n'existaient pas dans mon monde. Ils ne ressemblaient tout simplement pas à ça, pas même quand ils essayaient. C'étaient des produits du CrossFit, de l'alimentation « saine », des stylistes et des experts en image. Et Owen ne pouvait être comparé à tout ça.

Dieu merci.

Il ne se souciait de rien sauf de son environnement, et je devinai que ça lui allait très bien.

Merde, ça *m*'allait très bien.

Owen pointa mon visage du doigt.

— Ça s'est arrêté de saigner. Ça fait toujours aussi peur.

Je hochai la tête en avalant la banane. Je n'avais plus que la peau entre mes doigts, et alors que j'aurais dû me concentrer sur le fait de m'en débarrasser, je ne pouvais détacher mes yeux d'Owen. Les cheveux qui s'échappaient de sous sa casquette étaient foncés, presque noirs, et un peu blancs au niveau des tempes. Il avait les yeux d'un vert brillant, la peau foncée et tachetée par les nombreuses heures passées au soleil.

— Oui, eh bien... commençai-je, mais ma phrase resta en suspens.

Je ne savais pas quoi dire, mais je voulais continuer à lui parler.

— Vous pensez que vous devez voir un médecin ? demanda-t-il.

Je portai ma main à mon front, mais me rendis compte ensuite que je tenais toujours la peau de banane.

— Non, non, répondis-je. Ça va. Je vais bien. Tout va bien.

Owen rit, et ses épaules se soulevèrent en même temps que sa poitrine profonde et sonore.

— Vous en êtes sûr ?

Je n'en étais pas persuadé. J'avais une entreprise à récupérer et de nouvelles idées de programmes à tester, mais pour la première fois depuis le lycée, j'avais envie de ralentir. J'avais envie de faire une pause.

Pas l'excuse pourrie de congé sabbatique de l'agence de communication, mais de vraies vacances.

Dans le Maine.

Avec un pêcheur qui ne savait rien de moi.

— Oui, affirmai-je. Je vais bien. Vraiment bien.

— D'accord.

Owen passa ses doigts sur la peau noire de sa mâchoire, et secoua la tête en m'observant un long moment. Je ne savais pas à quoi il pensait, mais je voulais savoir. Je voulais tout savoir.

Marmonnant dans sa barbe, il traversa la pièce à grands pas et prit ma peau de banane. Par-dessus son épaule, il dit :

— Et si je vous conduisais à Bar Harbor maintenant ?

Non. *Non.* C'était fou. Même s'il avait l'air d'avoir un sexe vigoureux, il était hétéro. Sûrement. Peut-être. Oh merde, je ne pouvais le dire. Plus j'y pensais, plus je me convainquais qu'il était gay et un énorme et robuste cadeau de la part de la mer. De la part de Poséidon en personne. Mais ce n'était pas comme si j'étais du genre à faire le premier pas. J'avais regagné ma médaille de puceau il y a quelque temps.

— J'essaie de faire profil bas, annonçai-je.

Il était à nouveau devant moi. Suffisamment prêt pour être touché. Assez prêt pour que je puisse percevoir l'odeur de l'eau de mer et de la crème solaire. *Oh, mon Dieu, prends-moi tout de suite.*

— Vous ne loueriez pas cette chambre par hasard ?

Owen croisa les bras sur sa poitrine et pinça les lèvres.

— Il y a quoi, cinq, six semaines avant la fin de l'été ? Combien cela me coûterait-il ? Trente mille ?

Je fouillai mon portefeuille en sachant que j'avais de la monnaie.

— Je n'ai pas tout, mais j'ai quelques centaines pour un acompte honnête.

À ceci, Owen rit. C'était un son surpris et gêné. Je n'étais pas très convaincant avec cette poignée de billets que je brandissais. J'étais désespéré, et ça se voyait.

— Plus ? proposai-je. Ce n'est pas un problème. Quels sont les prix dans la région ? Quels qu'ils soient, je les triple. Je ne veux pas profiter de vous.

Je savais que les locations d'été étaient chères. J'achèterais toute la putain de maison, même la ville si je pouvais rester ici. Et avec lui. Même si cela s'annonçait plus mal que ma tentative de naviguer seul. Indépendamment du fait qu'Owen soit un marin hétéro et qu'il ne me regarde même pas, j'avais besoin d'arrêter d'être Cole McClish, le génie, l'enfant prodige de la technologie, le PDG détrôné. Juste quelque temps.

— Rangez votre argent, m'avertit Owen.

Sa voix était basse et profonde, elle émettait des vibrations graves que j'étais avide d'entendre contre ma peau. C'était absurde de penser que c'était réciproque, mais ça ne m'empêcha pas d'en avoir envie. D'espérer.

— Écoutez, rien ne va. Mon bateau est dans un sale état. Vous l'avez vu. Il nécessite sûrement une révision avant de prendre la mer. Les pièces à remplacer sont faites sur mesure par un petit fournisseur en Californie. C'est une entreprise spécialisée, et disons qu'elle ne fonctionne pas encore à plein régime. Et je vais avoir besoin d'artisans spécialisés dans l'électricité. La situation est compliquée, dis-je en tenant mes paumes devant lui.

Owen retira sa casquette et passa la main dans ses cheveux. Il souffla et jeta sa casquette sur le plan de travail.

— Vous fuyez quelque chose ? questionna-t-il.

— Non, répondis-je avec un rire forcé.

Absolument. Je fuis la réalité qui est que je ne suis pas fait pour gérer les affaires quotidiennes de l'entreprise que j'ai fondée. Je fuis l'échec de mon dernier projet, et les échecs de cinq projets avant celui-ci. *Je fuis la peur d'avoir perdu cette chose qui a lancé ma carrière. Je fuis toutes les erreurs dont je n'arrive pas à me débarrasser. Je fuis le cliché du milliardaire triste et seul.*

— Bien sûr que non, assurai-je.

Owen ne me croyait pas.

— Vous n'avez pas des soucis avec la loi ? demanda-t-il. Ou... un truc de la sorte ? Une ex-femme tarée ? Une pension alimentaire ?

Je le sus alors, avec une absolue certitude. Qu'il m'aime ou qu'il me méprise était en lien direct avec cette version à nu de moi. Mon argent, ma célébrité partielle, mon histoire ; rien de tout cela ne pouvait obscurcir son impression. Mon ardoise avait été effacée.

— Non. Rien de tout ça. Pas du tout, dis-je, et cette fois-ci, cela semblait crédible. Je prends un peu de temps pour réévaluer mon travail et mes priorités, et je voulais passer du temps à l'écart de tout. Je serais en train de le faire maintenant si mon système électrique et de navigation n'avait pas foutu la merde.

Je lui fis signe, mon regard aussi honnête que possible malgré mes mensonges par omission.

— Je suis sérieux quand je dis que je veux vous payer.

Owen regarda autour de lui, ses yeux rôdèrent sur toutes les surfaces de la cuisine sauf moi. Je ne savais pas trop s'il débattait dans sa tête ou vérifiait si j'avais dérangé l'ordre des choses ici. Il aimait quand c'était propre. Tout simplement.

— Écoute, et si on commençait par se tutoyer ? Je ne vais pas prendre ton argent, déclara-t-il enfin. Mais je ne dirais pas non pour un coup de main.

Il se passa la main sur la nuque et, oh, ma vie était si pourrie. Je ressentais le besoin de poser *ma* main sur son cou tout de suite.

Je t'en supplie, dis-moi que tu as besoin d'un massage pour détendre ton cou, ou une crampe.

— Pas de problème, dis-je.

J'espérais vraiment que ce soit une crampe. Peut-être pourrions-nous ainsi savoir s'il était gay ou hétéro, ou déterrer une curiosité bisexuelle.

— Mon matelot de pont part pour l'université cette semaine, expliqua Owen. Il va à l'Université du New Hampshire. C'est tôt, mais il travaille dans les résidences universitaires maintenant. Comme un genre de conseiller. Il a trouvé ce job il n'y a pas longtemps. Ou, il me l'a *dit* il n'y a pas longtemps. C'est un crétin, je leur souhaite bien du courage à l'université.

Je cillai, incertain de comprendre ma place dans cette histoire.

— Tu as besoin d'un matelot de pont ? finis-je par demander.

Je savais qu'il travaillait sur l'eau. Bordel, il y avait une table basse construite à partir d'un piège à homards dans l'autre pièce. Un anémomètre sur la terrasse de derrière. Des photos encadrées de bateaux et de marins vêtus d'imperméables jaunes accrochés aux murs du couloir. Des rideaux aux ancres brodées. Des coussins en forme de coquillage. Cet endroit était le cliché du marin.

— Oui, répliqua-t-il. Tu penses pouvoir assurer ?

— Je suis plus doué pour...

Dans quoi étais-je doué ? J'étais horrible avec les gens, lunatique comme ce n'était pas permis, et je détestais le monde des affaires ou de la finance. Je pouvais coder, et avais en ma possession plusieurs numéros de milliardaires qui souhaitaient tour à tour me tuer et sympathiser avec moi.

— ... les trucs techniques.

Il haussa les sourcils.

— T'en as chié avec les trucs techniques de ton bateau.

— Ah, oui, dis-je en me frottant les tempes. Je parlais d'autres trucs techniques.

— Ce travail n'est pas difficile. Tu apprendras, dit Owen.

Son regard se posa sur moi un long moment, et il m'aurait fait gigoter si je n'avais pas autant aimé ça.

Oh, que oui, j'apprendrai !

— On mange un steak ?

Il ouvrit le réfrigérateur, puis se rendit dans le garde-manger, tout en empilant la nourriture et les plats dans le creux de son bras puissant.

Il eut bientôt tout le nécessaire disposé sur le comptoir en rangées propres. Toutes perpendiculaires et parallèles. J'avais envie de lui demander si cela lui arrivait souvent de cuisiner pour deux, s'il y avait quelqu'un de spécial dans sa vie. Ce n'était pas une piaule de célibataire. C'était une *maison*, un lieu respirant la famille, le confort et la tradition. Penser à Owen vivant seul ici me remplit de tristesse. Il n'avait même pas de chien pour lui tenir compagnie.

Peut-être y avait-il quelqu'un, mais qu'il ne ressentait pas le besoin de partager cette information avec moi maintenant. Pas de problème. Ce n'était pas comme si j'avais tout dit sur ma vie non plus.

— Pourquoi tu ne me laisses pas te donner un peu d'argent ? demandai-je de l'autre côté de l'îlot central.

Owen était occupé à assaisonner la viande et ne leva pas les yeux pour répondre :

— Ce n'est pas nécessaire. Si tu as vraiment besoin de te débarrasser de trente mille balles, fais-en don à l'organisation de Sauvegarde des Homards du Maine.

— C'est ce que tu pêches ? demandai-je. Le homard ?

Regarder Owen préparer à manger, c'était comme assister à un ballet, mais à la place du danseur du *Lac des cygnes*, se trouvaient un pêcheur sexy et de la viande rouge. Époustouflant.

Il acquiesça et pointa son coude vers une laitue romaine.

— Tu peux nous faire une salade ? Es-tu aussi dangereux avec des couteaux de cuisine qu'avec des fusils de chasse ?

Je soupirai et me plaçai devant la planche à découper et le saladier. Je n'allais pas oublier ça de sitôt.

— Vu que nous avons décrété que tu n'étais pas un pirate, ça devrait aller.

— Arrrrr, gueula-t-il avec un accent de pirate étonnamment mauvais alors que je me calais à côté de lui sur le comptoir pour couper la laitue. Chest pas chûr cha.

CHAPITRE 4
COLE

— Donc, euh, c'est Cole, c'est ça ? commença Owen.

Je posai les assiettes sur la table et levai les yeux vers lui.

— Oui, acquiesçai-je, un peu sur la défensive.

Il n'y avait pas de raison de l'être, c'était juste ma tentative farfelue de prétendre être quelqu'un d'autre.

Owen plaça le saladier au centre de la table et sortit deux grandes cuillères en bois de sa poche arrière. Il les avait mises là quand nous avions pris les plats et les couverts dans la cuisine et les avions rapportés sous le porche.

Il me lança un regard.

— Juste Cole ? Comme Cher ? Ou Rihanna ? J'imagine que ça pourrait marcher.

Il s'assit à une petite table patinée, et je fis de même. Mon nom de famille était coincé dans ma gorge, épais et paralysant comme une gorgée de café trop chaud. Malheureusement, le café devait bien aller quelque part. Je devais avaler ou cracher, même si aucune des deux options ne m'était agréable.

— McClish, dis-je rapidement.

Ce fut plus un croassement, un son rauque et guttural que je ne serais jamais capable de recréer.

Owen hocha la tête et s'attela à l'assaisonnement de la salade. Je me préparai à la reconnaissance soudaine, le délai de dix secondes durant lequel il assemblerait les pièces du puzzle et se demanderait à voix haute où il avait déjà entendu ce nom. Et alors, je serais foutu.

— Très bien alors, Cole McClish, dit Owen pendant qu'ils nous servaient de la salade, une patate et un steak.

Il me fit signe, et je compris que je devais manger.

— C'est une belle salade. Très chic ta façon de couper ces concombres.

— Oui, marmonnai-je en regardant ma fourchette de laitue et de tomate. Content que tu aimes.

Owen agita la tête en mâchant.

— Mmhmm.

Il ne m'offrit rien d'autre. Pas même un murmure. Il ne me connaissait vraiment *pas du tout*. Je ne pouvais pas croire qu'on m'offrait ce cadeau incroyable, cet instant pour être la personne que je voulais au lieu de celle que j'étais devenue. Et en plus, j'en faisais l'expérience avec un homme bien trop fascinant et attirant pour être réel. J'inspirai un grand coup, rapidement et difficilement comme si on m'avait donné un coup de pied dans la poitrine. Je le camouflai par une toux exagérée, puis retournai à mon repas.

Je m'efforçai de garder les yeux rivés sur mon assiette, car je ne voulais pas fixer mon hôte. Enfin, je *voulais* le fixer et il y avait beaucoup de belles choses à fixer, mais je faisais encore du surplace. Je ne connaissais pas Owen et, comme je venais de l'apprendre, il ne me connaissait pas. Ce qui signifiait que je devais mettre en pratique certaines manières que Neera m'avait inculquées.

— C'est beau, pas vrai ? dit Owen en me sortant de mes pensées.

— Oui, acquiesçai-je automatiquement.

J'étais en train de contempler sans la voir la crique en forme de croissant de lune, à me demander intérieurement s'il transportait ces pièges à homards torse nu. Mon Dieu, je l'espérais.

— Je n'ai pas beaucoup de besoins matériels, mais je ne pense pas que je pourrais vivre ici sans un porche, poursuivit-il.

Il pointa sa bouteille de bière vers les baies vitrées qui séparaient le quai des intempéries.

— Tu ne peux simplement pas apprécier cette vue de l'intérieur.

Je m'essuyai les mains sur une serviette et la posai à côté de mon assiette.

— Depuis combien de temps vis-tu ici ?

Owen but sa bière, bougeant sa tête de droite à gauche comme s'il fouillait sa mémoire pour trouver le début de sa vie dans ce coin reculé du monde.

— Depuis un peu plus de quinze ans maintenant, répondit-il.

Il se pencha sur sa chaise et pointa du menton le phare niché à la pointe de la crique.

— Une famille s'est occupée du phare pendant presque deux cents ans. Les DaSilva. Ils travaillaient sur l'eau, bien sûr. Mais la jeune génération n'était pas intéressée par son entretien. Elle ne voulait pas se lancer dans le homard non plus.

Il se frotta le menton et fit une petite pause. Owen regarda la crique rocheuse en parlant, les mots empreints de mélancolie.

— Je sais que ce n'est pas fait pour tout le monde, mais ce n'est pas bien de laisser tomber les traditions comme ça.

— Le homard est une tradition dans ta famille ? demandai-je.

— Non, pas ma famille, mais j'ai tendance à penser que les

gens qui ont vécu sur ces côtes l'ont tous un peu en eux, dit Owen.

J'acquiesçai même si je ne comprenais pas sa logique. Le monde n'était plus rempli de personnes qui se sentaient contraintes de suivre les traces de leurs parents. La naissance ne définissait pas le métier qu'on voulait faire.

— Ma mère était conseillère en orientation dans un lycée avant de prendre sa retraite. Mon père travaillait dans une exploitation forestière avant de perdre sa main, continua-t-il.

Il me fit un demi-sourire en me donnant cette information, et je dus réprimer un rire gêné.

— Tous ceux qui travaillent longtemps dans l'abattage finissent par perdre quelque chose. Heureusement, ce n'était pas sa tête.

— Je peux comprendre que tu ne veuilles pas faire la même chose que lui, dis-je. Le désir de conserver tes membres entre autres. Alors comment en es-tu venu aux homards ?

— J'ai racheté cette terre ainsi que le bateau au dernier pêcheur de homards de la famille DaSilva, raconta Owen. Il m'a pris un été comme matelot de pont quand j'avais douze ans, et m'a tout appris.

Il croisa mon regard.

— C'est un travail important. La plupart des gens n'en font pas trop de cas, mais c'est important de prendre soin de la mer.

Il fit à nouveau un geste en direction du phare.

— Les temps ont peut-être changé, mais certaines choses ne le devraient pas.

— Et il n'y a que toi ici ? demandai-je, en faisant en sorte qu'il me dise que les homards et les porches aux baies vitrées n'étaient pas les seules choses dans sa vie.

Il fit oui de la tête.

— Ces quinze dernières *années* ? m'exclamai-je. C'est fou.

J'aurais perdu la tête si j'étais resté seul si longtemps. Les murs répondent quand tu leur parles, ou la conversation est à sens unique ?

— J'aime bien, dit-il durement. J'aime être seul.

Il me fixa les yeux plissés, comme pour m'avertir.

— Je préfère le calme. J'espère que ça ne te pose pas de problème.

Je hochai la tête, en guise d'accord ou d'acceptation, ou de reconnaissance que je n'allais plus remettre en question les choix de vie d'Owen. C'était moi l'invité ici, et si je voulais rester, je devrais la fermer.

Tant pis pour mes manières.

— Les réparations sur ton bateau, commença-t-il, la voix lourde et basse, ça va prendre des semaines ? Ou des mois ?

Grâce à la gentillesse du capitaine de port, mon bateau était amarré dans la marina de Talbott's Cove. Malgré ma volonté de payer plus que le taux du marché pour la gêne occasionnée, il m'avait loué l'emplacement pour une bouchée de pain. Je ne comprenais pas cette ville et ces gens.

— Des semaines, répliquai-je avant de me raviser rapidement.

Je me concentrais toujours trop sur les résultats et sous-estimais les délais.

— Bien qu'il y ait plusieurs facteurs en jeu. Les pièces ne prendront pas trop longtemps à arriver, et je pense que je peux faire certaines choses moi-même...

Owen ricana. C'était comme s'il savait que j'avais l'habitude de faire trop de promesses.

— Je vais devoir embaucher un entrepreneur pour le système électrique. Rien ne me dit combien de temps ça va prendre.

Owen contempla l'eau en hochant lentement la tête.

— D'accord.

Après ça, nous mangeâmes en silence. Les seuls sons provenaient des vagues qui léchaient la côte et du bruissement des insectes qui volaient autour des lumières extérieures. Nous nettoyâmes la table, puis lavâmes et séchâmes la vaisselle sans parler. Une fois la cuisine propre et carrée, Owen se dirigea vers le porche, un livre à la main.

Il s'arrêta à la porte, la tête tournée dans ma direction, mais les yeux baissés. Fuyants.

— On prend la mer à l'aube, dit-il. À quatre heures quinze. Sois prêt.

Après ça, la porte se ferma rapidement derrière lui. Le message était clair : je ne devais pas le suivre.

J'avais bien reçu le message, mais rôdais quand même dans la cuisine. La vue depuis la fenêtre au-dessus de l'évier me permettait d'observer Owen installé dans un fauteuil, le regard à l'horizon tout en feuilletant un livre.

Tant de contradictions chez un seul homme. Il aimait la solitude, mais m'offrait, à moi, un étrange étranger, un toit temporaire. Grogner et gronder étaient ses principales manières de communiquer, mais ses étagères étaient truffées de grandes œuvres littéraires *qu'il lisait*. Il aimait les traditions, mais ne semblait pas soucieux de léguer les siennes à une autre génération.

Je l'étudiai plusieurs minutes, et me demandai si j'allais le rejoindre ou non. Mais je savais que cette envie était égoïste, je voulais être proche de lui. Le comprendre. Me glisser dans son esprit. Puis, le glisser en moi.

Au lieu de cela, je retournai dans la chambre où j'avais dormi hier soir. Je fermai la porte derrière moi et effectuai un petit cercle, assimilant le dessus de lit rouge, blanc et bleu, les murs en pin blanchis à la chaux et la commode rustique.

Je n'étais personne de spécial ici. Je n'étais pas doué, talentueux ou remarquable dans quoi que ce soit, hormis ma capacité à tout gâcher. Une partie de moi souhaitait partir. Réserver un avion privé à la piste la plus proche et me casser de cette petite ville avant qu'Owen réalise qu'il était mieux sans colocataire.

Mais l'autre partie de moi, la plus grande, la plus désireuse, souhaitait rester. Ici, sans être personne en particulier. À vivre comme une personne normale.

Je me mis en caleçon et me glissai sous les draps. J'avais besoin de me reposer si j'allais travailler sur un bateau de pêche aux homards tôt dans la matinée.

CHAPITRE 5
OWEN

Cole ne connaissait rien à la pêche.

Ça ne fit pas l'ombre d'un doute quand je le vis inspecter mes pièges à l'aube. Il les avait ouverts et fermés, étudiant le mécanisme comme s'il n'avait jamais rien vu de tel, ou comme s'il pensait que j'allais l'interroger plus tard.

Je ne pouvais pas comprendre comment quelqu'un qui ne connaissait ni la pêche ni la navigation entreprendrait une croisière solitaire. Le fait qu'il n'ait pas fait échouer son bateau ou un autre sur les formations rocheuses englouties tenait du miracle. Et il avait navigué jusque-là tout seul. Ça n'avait aucun sens à mes yeux. J'ignorais quel métier il faisait. Il avait dit posséder une entreprise qui était dans la « tech » et c'était tout ; et qu'il pouvait se permettre de prendre de longues vacances d'été.

Ça devait être chouette.

Je l'observais depuis la maison, penché sur l'évier de la cuisine en buvant mon café. Il n'était là que depuis deux jours et je me sentais déjà impliqué jusqu'au cou avec cet homme. Sans compter ma souffrance interne quand j'étais avec lui, mais il m'avait forcé la main. Il avait trouvé mes points faibles et s'était concentré sur eux.

Peut-être n'était-ce qu'une illusion. Peut-être étais-je trop sensible aux commentaires de Cole sur ma vie solitaire et maritime. Et peut-être me noyais-je dans mes hormones affamées et en manque.

Je repoussai cette pensée, tout comme l'érection palpitante derrière ma braguette, et partis travailler. Je savais ce que je faisais quand j'étais sur l'eau, et même la présence de ce bel homme et ses questions ne pouvaient me déconcentrer.

Mais ensuite, il tomba à l'eau.

— J'espère vraiment que tu es plus doué avec les trucs techniques, dis-je en attrapant sa main.

Comment il était tombé demeurait un mystère pour moi. Tout ce que je savais, c'était qu'il se trouvait sur le pont et que la minute d'après, il était dans l'eau.

— Je le suis, répondit-il sèchement en regagnant le pont.

Il se pencha, les mains sur les genoux, et prit plusieurs respirations saccadées.

Je serrai les poings pour m'empêcher de le toucher. Je ne savais pas quoi faire d'autre. J'avais envie de passer mes doigts sur son torse, de sentir le crissement de sa joue sale contre ma paume, d'essuyer l'eau salée sur sa peau, d'enlever ses vêtements trempés.

— Qu'est-ce qui s'est passé ? Tu as besoin d'un gilet de sauvetage ? Tu sais, tu as l'air plutôt maladroit.

Cole fit un geste vers l'horizon.

— La mer est agitée ici. J'ai perdu l'équilibre quand tu as viré à bâbord.

La brise provoquait de grandes vagues, mais timides.

— Attends de voir pendant la saison des ouragans, dis-je avec un rire. Tu comprendras alors mieux le terme de mer *agitée*.

— Génial, grogna Cole.

Il baissa les yeux sur son haut trempé, un autre polo moulant avec un alligator au niveau du cœur, et secoua la tête. Ensuite, parce que les dieux m'aimaient et me détestaient à parts égales, il enleva ce polo agaçant.

Putain de merde.

Mon humour se tarit et s'envola. Pouf. Disparu. À la place, et à la place de toutes les émotions que je pouvais ressentir, le désir m'envahit. Un désir qui me prenait au ventre, me hérissait la nuque, me donnait chaud, me faisait transpirer et me donnait envie de faire claquer la tête de lit contre le mur.

Cole se tenait là, sur ses jambes et torse nu, à essorer son polo au-dessus de l'océan pendant que je le regardais. En toute franchise, j'étais bouche bée. C'était impoli et gratuit, et j'avais un emploi du temps à respecter, mais je ne pus m'en empêcher.

Il était blond et doré, et il me rappelait Zack Morris dans *Endless Summer* et les Beach Boys. Ses épaules étaient parsemées de taches de rousseur. Il avait un carré de poils épais sur le torse et un sillon de poils qui passait entre ses tablettes de chocolat. Son short dégoulinait et était plaqué contre ses jambes, et ma poitrine se gonfla face à l'espoir frivole qu'il l'enlève aussi.

— Tu aurais un tee-shirt en trop qui traînerait ? demanda Cole en croisant mon regard. Je me rends bien compte que je vous en ai demandé beaucoup, à toi et à ton hospitalité, avec un sauvetage pour couronner le tout, mais je t'en serais extrêmement reconnaissant.

Je cillai. Deux fois. Déglutis, puis je m'éclaircis la gorge.

— Quoi ? questionnai-je.

Cole passa les mains sur son torse.

— Mon haut est mouillé, dit-il en prenant soin d'articuler chaque syllabe. Tu en as un que je pourrais t'emprunter ?

Un grognement se propagea dans ma gorge.

— Et ton short ? Il est mouillé aussi.

Il baissa les yeux en haussant les épaules.

— Observation pertinente, Owen. Mais je ne m'étais pas dit que tu avais toute une garde-robe à bord, répliqua-t-il.

Mon ancien matelot de pont, l'étudiant, ne parlait pas beaucoup. Il connaissait la routine et faisait son boulot avec le minimum de commentaires, et nous appréciions tous les deux cela. Il avait un énorme casque et un flux régulier de ce que les gamins écoutaient ces jours-ci ; quant à moi, j'avais les vagues, le vent, la radio. Ça nous convenait. Ça *me* convenait.

Mais désormais, j'avais Cole, qui débarquait avec une réserve interminable de questions. Il voulait savoir toutes les petites choses sur les homards, la pêche, les bateaux, les océans, les marées et le Maine, et il parlait. Toutes ses plaisanteries et tous ses commentaires de petit futé volaient vers moi tels un essaim de taons en juillet, et je n'arrivais pas à le suivre parce que j'étais occupé à imaginer le goût de sa peau.

Et à prier pour qu'il soit gay. Putain, même bisexuel, ça m'irait. J'oublierais les souvenirs de tous ces jolis garçons bi que j'avais rencontrés à Bar Harbor et à Kennebunkport au cours des années. Ceux qui suçaient des queues comme s'ils en étaient diplômés. Ceux qui préféraient se cacher parce que leurs parents ne comprendraient pas. Ceux qui voulaient seulement jouer en secret. Ceux qui vivaient des vies d'hétéros. Ceux qui étaient pour l'égalité, mais qui refusaient de s'imaginer avec le drapeau LGBT. Ceux qui finissaient toujours par retourner à l'Université de Yale ou celle de Pennsylvanie, et à leurs petites amies, quand venait septembre. Ceux qui revenaient des étés plus tard, après des mariages chics et pittoresques avec ces mêmes petites amies de l'Ivy League. Ceux qui m'avaient appris à m'en tenir à des coups d'un soir sans connaître le nom de famille parce que mon cœur était trop sensible pour que ça devienne concret.

Oui, j'oublierais toutes les promesses que je m'étais faites.

Et les bisexuels, les pansexuels, ou toutes autres étiquettes n'étaient pas le problème. Non, c'était la honte de n'être qu'un secret de vacances. Si Cole se collait n'importe quelle étiquette qui se rapprochait de celles-ci, je serais déjà sur lui. Je serais à lui.

Comme je ne répondais pas, Cole continua.

— Je ne transpire pas. J'ai mis de la crème solaire. Je peux rester torse nu, dit-il en claquant des mains.

Je trouvai enfin mes mots, qui furent sévères et prononcés à voix basse.

— On a un emploi du temps à respecter. Et on n'a pas que ça à faire, McClish.

Il leva les mains et un sourcil comme pour dire : *qu'ai-je fait ?* Il était mignon quand il n'était pas occupé à brandir un fusil ou ne faisait pas sa crise de la trentaine. Il était charmant avec son demi-sourire, ses yeux pétillants et sa bouche bavarde. Si je ne gardais pas la bouche fermée et ce que je pensais pour moi, je ne savais pas ce qui se passerait.

Non, ce n'était pas vrai. Inexact. Erroné. Complètement faux.

Je savais ce qui se passerait. Je rirais. Sourirais. Rougirais même peut-être. Je m'inclinerais face à la lumière de Cole comme une tulipe face au soleil, et pendant quelques instants bénis, tout serait parfait.

Cependant, ça ne durerait pas. Rien de tout ceci durerait, et ce n'était pas important que je sache ce que *ceci* signifiait.

Cole traversa le pont et ramassa la barre avec un crochet utilisée pour attraper les bouées des pièges. Il se tourna, la chaude lumière du soleil glorifiant chaque ligne et courbe de son torse, et un bruit m'échappa. Je n'entendis pas grand-chose à cause des pulsations dans ma tête, mais ça ressemblait à un *Ohh-mmm-ahhh.*

— Je vais attraper celui-là, annonça-t-il.

Il se pencha au bord du bateau. Son corps tendu était étiré alors qu'il rapprochait la balise. C'était une beauté, et ça aurait été un grand moment si Cole n'avait pas été sur le point de retomber dans l'océan. Il ne comprenait toujours pas comment rester stable face au poids de l'eau.

Je courus à ses côtés, mais c'était déjà trop tard. Il perdit l'équilibre et passa par-dessus bord en essayant de se stabiliser.

— Fais chier, marmonnai-je dans ma barbe.

Cole nagea et secoua l'eau dans ses cheveux.

— Je ne sais pas comment c'est arrivé, dit-il.

Il leva des yeux brillants vers moi, inconscient qu'il avait bouleversé ma vie en quelques jours. Comme s'il pouvait piquer une tête, deux fois, sans que j'aie envie de le fesser, puis de l'emmailloter. Comme s'il ne savait pas que j'avais passé les deux dernières nuits à garder les yeux résolument fermés, et à forcer mon cerveau à penser à quiconque sauf lui, pendant que je me donnais des orgasmes silencieux et insatisfaisants. Comme si je pouvais survivre à cette toute nouvelle amitié sans craquer.

— Je ne sais pas comment tout ceci est arrivé, soupirai-je.

CHAPITRE 6
COLE

Cette ville – si on pouvait appeler ça une ville avec son tout petit ensemble de maisons, bateaux et routes – était charmante. Petite, humble, et sortie d'un conte pittoresque. Les gens ici étaient respectables, honnêtes ; des gens bien. Toutes ces choses que les cons prétentieux comme moi disaient des gens qui vivaient simplement et qui travaillaient la terre ou en mer.

Et tout le monde se fichait de moi. Du moins, c'était ce que je me disais après l'accueil que j'avais reçu ces derniers jours. Les habitants étaient curieux envers l'invité d'Owen, bien sûr, mais ils étaient plus intéressés par mon bateau que par mes origines ou ma personne. Les marins et les pêcheurs du coin souhaitaient connaître les dernières informations sur mon navire, et ils m'acceptèrent sans expérience requise.

Je ne pouvais déterminer si j'avais surestimé ma célébrité ou sous-estimé l'allure d'un voilier bien fait. Ce devait être une combinaison des deux.

Ça, et la prise de conscience que la Silicon Valley était une étrange petite jungle remplie d'ambition, de traîtres, de rumeurs et d'une quantité folle d'argent. Nous, dans la Silicon

Valley – et parfois dans toute la Californie – aimions croire que nous avions raison. Nous savions comment faire, et les autres n'avaient qu'à se grouiller. Mais vivre à Talbott's Cove et travailler sur les ponts me força à remettre tout ça en question. Je commençais à croire que ceci était juste, et que la Silicon Valley manquait de quelque chose d'essentiel.

J'avais beaucoup appris, cette dernière semaine avec Owen. Nous étions tous les deux spéciaux, mais Owen penchait du côté du perfectionnisme pointilleux, et je ne comprenais pas cette merde. J'étais un oiseau de nuit, et je me rendis compte qu'une vie sur les eaux avait fait d'Owen un lève-tôt. C'était un fan des Red Sox et apparemment, j'avais tort.

Cependant, ce fut une bonne semaine. Une *grande* semaine. J'appris des choses auxquelles je ne m'attendais pas : séparer les homards en fonction de leurs tailles et des circuits de distribution, faire des nœuds pour tous les usages imaginables, entretenir un phare ; et savourer les approbations chaleureuses d'Owen quand je faisais bien les choses. Pour sûr, c'était un ronchon asocial, mais cela restait un homme bon. Et *bon*, il l'était.

Une fois la prise des homards terminée, Owen vaquait à la pêche au thon, à l'aiglefin, au cabillaud. Il en vendait certains directement aux restaurants qui longeaient la côte, mais il livrait la majorité à une coopérative locale qui fournissait du poisson frais aux maisons de retraite, centres pour vétérans et écoles publiques. Il était membre du conseil municipal de Talbott's Cove parce que, selon Owen, il n'allait pas laisser des rustres gouverner.

Le gars mettait en pratique ce qu'il prêchait et cette façon d'être un homme respectable et admirable, le rendait terriblement sexy. Je devais détourner les yeux de ses gros bras puissants chaque fois qu'il remontait un piège sur le bateau. Ou qu'il se plantait sur le pont, les jambes écartées et les épaules raides, et regardait longuement l'eau, tel un chef contemplant son royaume.

Owen était fort et infaillible, et je le désirais. De toutes les manières possibles.

Si j'avais la moitié de sa force ou de son infaillibilité, je lui aurais dit qu'il m'attirait. Je lui aurais dit que je voulais me mettre à genoux à ses pieds, frotter ma joue sur ses cuisses, et le supplier de le servir.

Mais je ne l'étais pas, et je ne le fis pas.

Je rationalisais tout, par peur de détruire les bonnes choses que j'avais ici, mais non, ce n'était pas pour ça. C'était par peur d'être rejeté. Qu'*il* me rejette. Je préférais être celui qui rejetait, aussi pourri et superficiel que ça l'était, et je ne savais pas comment faire le premier pas.

Oh, je pensais à ces premiers rapprochements. J'y pensais tout le temps.

La vieille technique du bras étiré le long du dossier du canapé en regardant la télévision. La drague en discutant de sa cuisson de viande préférée. Une autre chute par-dessus bord, intentionnelle cette fois-ci, et une autre excuse pour enlever mon tee-shirt.

Je mettais en scène dans mon esprit chacune de ces approches, mais ne les mettais jamais à exécution. Le rejet me tuerait, et tuerait cette escapade idyllique loin de la réalité. À la place, je suivais Owen partout où il allait. Non comme un chien perdu, mais plus comme un chat à la recherche d'une chaleur tranquille. C'était douloureux, toute cette abnégation, mais voir Owen décliner mes avances le serait encore plus.

Le pire, c'était le temps qui filait. De savoir que mon temps à Talbott's Cove était limité. Réparer mon bateau était long et me faisait gagner du temps, mais les réparations finiraient en même temps que l'été. Non pas que je parlais de mon départ, et Owen ne me posait pas de questions.

———

Neera : Des nouvelles de la date prévue de votre retour ?

Cole : Aucune de planifiée, non. Je crois qu'on m'a donné l'ordre de prendre mon été. Mon point de vue météorologique me dit que l'été se termine le 1er septembre. Si nous parlons d'un point de vue astronomique, il se termine le 22 septembre. Ainsi donc, j'envisagerai de revenir entre ou après ces dates.

Neera : Vous êtes toujours en Atlantique ?

Cole : Mon nom est-il toujours au-dessus de l'inscription fondateur ?

Neera : J'espère sincèrement que ce n'est pas une vraie question.

Cole : Je n'étais pas sûr de savoir si les choses allaient bouger rapidement ou pas.

Neera : Vous avez particulièrement l'esprit de contradiction.

Cole : Si c'est comme ça que tu veux l'appeler, très bien, mais je fais juste ce que tu m'as recommandé de faire. Je suis sur la touche, sans faire de bruit ou créer des conflits, et je n'interfère pas dans mon remplacement. Je ne vois pas en quoi c'est problématique.

Neera : Ça ne l'est pas. Je voulais juste avoir un indice sur votre date de rentrée pour que je puisse soutenir du mieux que je peux votre retour.

Cole : Je travaille sur quelque chose de nouveau. Je ne veux pas encore en parler, mais je t'en informerai quand j'aurai quelque chose à partager. Ça marche ?

Neera : Je ferai en sorte que oui.

CHAPITRE 7
COLE

— JE PEUX ME JOINDRE À TOI ? DEMANDAI-JE À LA PORTE DU porche.

Owen était enfoncé dans son fauteuil ; un livre sur les genoux et un verre de whisky à côté. S'il n'y avait pas de match de base-ball intéressant après le dîner, Owen se posait souvent sous le porche et je me terrais dans ma chambre. J'avais fait pas mal de progrès avec une poignée de nouvelles idées que j'étais en train de tester, mais ce soir, je tournais comme un lion en cage.

La routine que nous avions adoptée ne me gênait pas – debout avant l'aube, sur l'eau toute la matinée, les marchés aux poissons suivis des réparations de mon bateau l'après-midi, dîner au crépuscule, au lit peu après –, mais j'avais envie de plus ce soir. En Californie, je passais la majorité de mes journées à parler. À prendre des appels, assister à des réunions, parler avec mes codeurs, me disputer avec mon comité. Quelqu'un ou quelque chose réclamait toujours mon attention, et être là avec Owen restait encore étrangement silencieux à mon goût.

Il désigna d'un geste la place libre à côté de lui et dit :

— Oui, mais j'ai des conditions.

Je m'engageai sous le porche, reconnaissant pour la légère chute de température par rapport à l'intérieur de la maison. L'air était encore lourd et épais, la chaleur et l'humidité de la journée demeuraient longtemps après le coucher du soleil. Seules les légères brises qui provenaient de l'eau amenaient l'odeur piquante d'algues et de marais.

— Tout ce que tu veux, dis-je en m'asseyant dans le fauteuil à bascule.

Avant de venir à Talbott's Cove, j'aurais associé les fauteuils à bascule aux grands-mères ou aux chambres d'enfant, et rien d'autre. Mais c'était tout à fait agréable.

— Pas de questions, avertit Owen, et je gémis un peu. Tu as posé toutes les questions nécessaires, et j'ai besoin de souffler.

J'ouvris la bouche pour répliquer, mais il leva la main.

— Non. Non, n'en profite pas pour me demander pourquoi. Fais avec.

— Je vais essayer, dis-je en me balançant dans le fauteuil.

Je comprenais pourquoi Owen appréciait ça. C'était comme être sur l'eau.

— Ce serait vraiment atroce que je meure de curiosité par contre.

Owen grogna et posa son livre sur la table attenante.

— Et comment ça pourrait arriver, McClish ?

Je levai les mains en haussant les épaules.

— Je pense à plusieurs manières, commençai-je, mais je vais les garder pour moi. Je ne veux pas te déranger.

Il pesta dans un souffle, et j'étais convaincu qu'il avait grogné :

— Oh, bordel.

Je dus aspirer mes lèvres entre mes dents et les mordre pour m'empêcher de rire.

— On n'a pas besoin de parler, dis-je. On a l'océan et les étoiles, et il n'y a pas besoin de parler. C'est super. Fais ce que tu veux, Bartlett.

Je lui jetai un œil. Il soupirait et grommelait comme si je lui provoquais un inconfort physique. Lui au moins n'était pas excité par ces sons. Ce n'était pas mon cas. Les mains posées sur mon entrejambe de manière aussi décontractée que j'en étais capable, je contemplai l'eau et me concentrai sur l'identification de toutes les constellations que je pouvais trouver. C'était une bonne occupation distrayante, et elle m'aurait distrait si Owen n'était pas en train de souffler et gronder.

Quel mal luné, cet Owen Bartlett !

— Bon d'accord, dit-il en arrêtant enfin son marathon de soupirs. Comment quelqu'un pourrait-il *mourir* de curiosité ?

— Je pense à Marie Curie, songeai-je.

Je me penchai en avant, les bras sur les cuisses, et étudiai les scarabées japonais qui s'accumulaient sur la moustiquaire. La lueur jaune de l'éclairage au plafond du porche les attirait, mais les moustiquaires les retenaient. Ils étaient petits, de la taille d'un petit pois, mais leur stridulation basse me rappelait le son des vieux modems téléphoniques. J'imaginais qu'ils étouffaient eux aussi.

— Comment en es-tu venu à cette conclusion ? lâcha Owen sèchement. Elle a découvert le radium.

— Oh, oui, et le polonium, acquiesçai-je. Ça l'a tuée.

Il prit son whisky et en but une bonne gorgée.

— D'accord. Tu ne découvres pas de nouveaux éléments ce soir.

— Et le chat.

Je m'appuyai contre le dossier, en hochant la tête vers lui.

Le phare clignota loin au bout de la crique, la clarté illuminant les traits de son visage. Mes doigts mouraient d'envie de sillonner sa mâchoire négligée, de caresser ses joues de mon pouce, de gratter son crâne. Ma peau était échauffée par la chaleur incessante, mais à présent, j'avais *chaud*. Faim, aussi.

Owen agita son verre devant moi.

— Quel chat ?

Il commençait à s'énerver, et j'adorais ça. Quelques jours auparavant, j'avais prétendu ne pas savoir la différence entre un tournevis plat et un tournevis cruciforme, rien que pour le plaisir de voir sa réaction exagérée.

— Celui qui a été tué par la curiosité, répliquai-je. *Ce* chat. Le pauvre.

Owen secoua la tête et poussa un soupir, qui se transforma en rire. Rapidement, le rire fit gigoter ses épaules. Je ris aussi. Je ne pus m'en empêcher. Le son profond et gras était contagieux.

— Je ne sais rien de toi, McClish, dit-il en se tapotant le ventre. Je ne sais tout simplement rien.

— Que veux-tu savoir ? demandai-je.

Nous ne nous étions pas aventurés dans le royaume des discussions profondes, sauf celles relevant des choses basiques de la vie, et ça m'allait. Owen savait que je possédais une entreprise de technologies – je n'avais pas cru nécessaire de mentionner qu'il s'agissait de la plus grosse du monde – et que je vivais en Californie. Le reste n'était que détails, et je ne trouvais pas de raison pour en faire part à Owen. Ce n'était pas qu'il s'en ficherait ou qu'il n'était pas intéressé, mais je ne voulais pas passer tout notre temps ensemble à parler de moi. Lui et cette ville au charme désuet étaient les choses les plus intéressantes qu'il m'avait été donné de voir, et je voulais m'imprégner de tout.

Il contempla son whisky un moment avant de dire :

— Tu viens de Californie ? C'est là que tu as grandi ?

Il but une gorgée puis me jeta un regard perçant.

— Ça expliquerait beaucoup de choses.

Il ne me regarda pas longuement, et c'était normal. Il n'y avait pas grand-chose à regarder. J'étais couvert de bleus, gonflé, avec du sang noir séché autour de la coupure. Je m'autorisais rarement à me montrer vaniteux, mais je n'étais pas habitué à être hideux.

— Je suis de là-bas, dis-je prudemment.

Je mourais d'envie d'avoir un verre pour occuper ma bouche et mes mains. Je n'avais pas beaucoup réfléchi avant de m'aventurer sur ce terrain-là.

— Mais... je veux dire... pas de la Californie que les gens associent avec la Californie.

Owen me regarda par-dessus son verre, un sourcil levé.

— Il y a plusieurs Californie ?

— Celle du nord et celle du sud, acquiesçai-je en murmurant. Mais c'est bien plus que ça. C'est un ensemble d'écosystèmes plus complexe que tout ce qui est contenu dans les notions conventionnelles de l'État.

Les deux sourcils d'Owen se levèrent jusqu'à la naissance de ses cheveux à présent.

— Quand les gens pensent à la Californie, ils voient Los Angeles et San Diego. Le surf, la plage, les filles en bikini qui font du roller. Mais ce n'est pas que ça. Tu as la côte sud, mais aussi la côte nord et les côtes centrales. Il y a la vallée de Sacramento, celle de San Joaquin et *la* Silicon Valley. Il y a la chaîne des Cascades, la Sierra Nevada et l'Inland Empire. Et puis, il y a les grosses villes, la baie de San Francisco, Los Angeles et San Diego.

— C'était une façon très longue de me dire que la Californie était grande, dit-il. C'est pour ça que tu n'as pas le droit de parler.

Je me penchai vers lui et tapai mes articulations sur l'accoudoir de son fauteuil.

— J'ai oublié le Comté d'Orange. Rajoute ça à la liste.

— C'est là que tu vis ? demanda Owen. Ou d'où tu viens ?

Il attrapa le devant de son tee-shirt et s'éventa avec le tissu. Je pensai à lui proposer de l'enlever. De se déshabiller. Si ce n'était pas suffisant, nous pourrions patauger dans l'eau et nous tenir sous le beau clair de lune et... *ahhhh*. Je passais de rien à pervers en trois secondes.

Je secouai la tête pour essayer de me débarrasser de cette idée.

— Non et non, dis-je en riant pour étouffer un grognement de désir. Comme je te l'ai dit, les gens associent la Californie avec la plage et les bikinis, mais tout le monde ne pense pas comme ça. J'ai grandi à trois heures à l'est de San Diego, à côté du fleuve Colorado et de la frontière avec l'Arizona. C'était chaud, sec et essentiellement plat, et le seul genre d'ennuis qu'on peut rencontrer là-bas, ce sont les ennuis stupides.

— Tu parles par expérience, dit Owen. Faire presque échouer ton bateau n'est pas ta première approche de la stupidité, je suppose.

Pourquoi appréciais-je tant les insultes de cet homme ? Je ne pouvais l'expliquer, mais je voulais qu'il continue. À critiquer mes préférences de riche et tourner en dérision mes polos onéreux. À démolir mes manies étranges, mais que j'appréciais. Tout démonter.

— Si tu te demandes si j'ai piraté le système d'information des élèves de la Agua Fria High School, pour supprimer mes neuf absences injustifiées sur dix au cours de calcul infinitésimal, dis-je en levant les mains, puis en les laissant retomber. Alors, oui, il se peut que je me sois un peu attiré des ennuis.

— Bien sûr, marmonna Owen.

— Mais je te ferais savoir que je me suis fait attraper seulement parce que j'ai passé l'examen final, ajoutai-je. Le professeur ne m'a pas reconnu. J'aurais dû le sécher aussi, puis repirater le système et me mettre une note. J'aurais dû faire ça. Je ne l'ai pas fait. Moi et ma morale à la con.

Owen m'observa un long moment, les yeux et les sourcils plissés.

— N'y a-t-il aucune conséquence dans ton monde, McClish ?

— Si, affirmai-je en détournant le regard. Il y a des conséquences, absolument.

Je m'éclaircis la gorge en lui jetant un regard à la dérobée. Son attention était désormais tournée vers les étoiles.

— Bref, j'habite à Palo Alto.

— Qui se trouve dans la Baie, expliqua Owen. Près de San Francisco.

— Tout à fait, confirmai-je. Mes sœurs habitent dans le coin. L'une à Denver, l'autre à l'extérieur de Baltimore. Ma mère vit à Palm Springs maintenant. J'ai essayé de la convaincre de se renseigner sur Balboa Island ou Marina del Rey, mais elle préfère la chaleur implacable. Je ne lui rends visite qu'en hiver. Je ne supporte pas l'été dans le désert. J'ai l'impression d'être coincé dans un dessiccateur [1] et de me transformer en viande séchée.

— Tu ferais de la bonne viande séchée, dit Owen en riant.

— Toi aussi, Bartlett, répliquai-je.

Mon ton n'était pas humoristique, mais je ne pus réprimer mon sourire.

— Je te rongerais bien, continua-t-il en dévisageant mon torse.

J'avais le cœur serré, qui cognait fort alors que j'essayais de respirer, déglutir, penser.

Que se passait-il au juste bordel ? Était-il... en train de me draguer ?

Non. Bien sûr que non. Ce n'était qu'un peu d'humour

maladroit qui s'était égaré, pas un moment révélateur où nous abattions en même temps nos cartes de gays.

Ou peut-être était-ce exactement le moment.

— Je ne suis pas un morceau de viande découpée et séchée, m'indignai-je. Je suis un morceau tendre et savoureux.

Qui ne tente rien n'a rien.

— Oui. Tu es une belle pièce de viande, aboya Owen avec un rire surpris et en se levant. Holà. OK. Maintenant, je suis sûr d'être bourré. Va dormir, McClish. Une autre matinée de bonne heure t'attend.

Je hochai la tête et bafouillai quelque chose en guise de réponse. Je n'arrêtais pas d'entendre les mots dans ma tête. *Je te rongerais bien.* Ce que j'avais obtenu n'était pas clair, mais j'étais content d'avoir tenté quelque chose.

CHAPITRE 8
OWEN

*J*E NE PEUX PLUS CONTINUER COMME ÇA. *J*E DOIS RENONCER.

C'était ce que je me disais en piétinant sur le pont et en pestant contre le ciel ensoleillé. Le ciel ne m'avait pas le moins du monde offensé, mais j'étais de mauvaise humeur. Le genre d'humeur qui pouvait faire tourner le lait et trouer un tapis sans grand effort. Le genre d'humeur due au désir de goûter Cole, puis de se coucher en manque et seul.

Et celle-ci empira quand je le vis chanceler et se pencher bien trop à tribord en prenant un piège.

Je t'en prie, mon Dieu, ne le laisse pas tomber. Je n'ai pas la force de supporter son torse nu aujourd'hui.

— Garde tes pieds positionnés, McClish, l'avertis-je en pointant du menton les bouées attachées à tribord.

Le soleil était haut dans le ciel, et il n'y avait qu'ici, à des kilomètres du littoral, que la brise mettait fin à l'humidité du mois d'août.

— Si tu pars faire un plouf, tu te démerdes pour remonter.

— Tu vas la fermer oui ? répliqua Cole. Je l'ai.

Je remontais plusieurs pièges de l'eau pendant que Cole en remontait un. La première fois qu'il avait hissé un piège rempli de homards vivants tout seul, il l'avait rejeté à l'eau avec un hurlement pénible. Aujourd'hui, c'était mieux. Il savait à quoi s'attendre cette fois-ci, et il ne sursauta pas au moment de trier entre les homards vendables et ceux qui avaient besoin de passer encore un peu de temps sous l'eau.

Il avait l'air d'aller mieux aussi. La contusion sur son visage avait pris une teinte jaune verdâtre, et il avait l'air détendu. La première nuit – quand son bateau s'était introduit dans la crique – n'avait sûrement pas été le meilleur moment pour juger Cole McClish, mais le dur labeur et le soleil brûlant lui faisaient du bien. Je le voyais, et je ne pouvais m'empêcher de regarder dès que l'occasion se présentait.

Après quelque temps en compagnie de Cole, j'avais appris certaines choses sur le curieux inconnu qui avait dérivé dans ma crique. Il n'arrivait à pêcher que de la merde, mais je devais admettre qu'il n'était pas le pire des marins. Il ignorait simplement son instinct et préférait se fier aux systèmes de navigation et au sonar. C'était comme s'il faisait plus confiance aux machines qu'à lui. Nous ne pouvions être plus différents sur ce point. Pour moi, les machines n'étaient pas fiables. Elles étaient vouées à l'échec, et elles le faisaient quand j'avais le plus besoin d'elles. Je ne pouvais pas me fier à une chose à laquelle je ne faisais pas entièrement confiance.

Il parlait aussi toute la journée, et son point de vue sur l'ordre était clairement désordonné. C'était vraiment une bonne chose qu'il soit plus sexy que le soleil, sinon on ne survivrait pas dans son désordre.

Il fuyait quelque chose ou quelqu'un, mais je ne souhaitais pas savoir. Je ne posais plus de questions personnelles. Je craignais de ne plus pouvoir m'y risquer. Je ne pouvais découvrir qu'il avait une femme ou une famille dans l'ouest, ou même une maison où il avait hâte de retourner. Je pouvais supporter uniquement Cole l'étranger, sans cadre ni complications. Ou sans les jolies histoires de sa haine envers les climats désertiques.

Quand il prit un autre piège et le posa sur le côté du bateau sans hésiter, ma poitrine bondit de fierté. Il avait appris tout ça grâce à moi.

— Tu n'as même pas pleuré avec celui-ci, dis-je en traversant le pont. On va faire de toi un véritable pêcheur à homards.

Je lui donnai une claque dans le dos au moment précis où il pivotait vers moi, ce qui nous mit dans une position d'étreinte inattendue. Son torse était dur contre le mien. Il respirait fort et je ne pouvais pas bouger. Je ne le voudrais pas. Pour rien au monde.

Ma main continuait à tapoter son épaule. Comment pouvais-je arrêter ? Comment pouvais-je le repousser quand la seule chose que je désirais sincèrement était de sentir sa peau sous la mienne ?

Les doigts de Cole étreignaient mon avant-bras comme s'il s'y accrochait, mais au lieu de garder une distance respectueuse, il se pencha vers moi. Son épaule toucha mon torse et son souffle s'insinua dans mon cou, et j'avais sur le bout de la langue la phrase : « J'ai envie de toi comme je n'ai jamais eu envie de personne. »

Aucun de nous deux n'eut un mouvement de recul pendant un long et déroutant battement de cœur. La chaleur et l'affection augmentèrent plus que je ne pouvais le supporter sans me faire honte. Il sentait bon la crème solaire et la transpiration. Je voulais mémoriser cette odeur, et comme nos corps s'assemblaient bien.

Je ne voulais pas que cela *signifie* quelque chose, mais c'était le cas. Cela signifiait tout pour moi.

Je m'éclaircis la gorge et finis par retirer ma main et fixer l'eau.

— Il faut qu'on fasse des livraisons sur la côte, dis-je en continuant à regarder les vagues et en m'éloignant de lui.

Je n'étais pas prêt à regarder Cole, et je ne le fis pas. Je retournai aux commandes sans un regard en arrière, car je ne me pensais pas capable de croiser son regard sans révéler les profondeurs de mon désir pour lui.

— Va mettre cette prise dans la glace.

———

— C'est un excellent burger, dit Cole. La dernière fois que j'en ai mangé un, il était aux champignons, aux lentilles et aux graines de citrouille.

— C'est un crime, répliquai-je. Dis-moi qui t'a fait ça. Je lui ferai payer.

Cole rit et prit une autre bouchée.

— Les régimes végétaux sont de plus en plus populaires dans mon monde, expliqua-t-il. J'avais oublié que la viande était délicieuse. On me gâte vraiment ici. Et on m'engraisse.

Il tapota son ventre plat par-dessus son polo bleu, celui que j'avais vu nu bien trop de fois pour l'oublier. Il faisait très chaud l'après-midi, et dès que la prise du jour ne risquait plus de le pincer, il retirait son haut. Il avait le corps doré et sculpté, et je ne m'autorisais que de brefs regards.

— C'est sympa de ta part de me laisser rester, Owen, dit-il.

Il haussa les épaules, chassant l'émotion de l'instant.

— Et de me laisser apprécier cette cuisine familiale et ces agréables conversations. Ta réputation de pirate va vraiment être mise à mal.

— Va te faire, McClish, murmurai-je.

Un sourire apparut sur mes lèvres. Cette camaraderie était en effet agréable. La vie à la maison, aussi. S'occuper de quelqu'un nourrissait ce besoin que j'aurais d'habitude ignoré, et il y avait des moments où prendre soin de Cole me comblait plus que tout ce que je pouvais imaginer sous les draps. J'aimais nos dîners sur le porche ensemble, même ses questions et son bavardage incessants. Nous restions assis dehors longtemps après le repas, à boire une bière et à admirer le coucher du soleil. Je me fichais que nos soirées me fassent oublier ma lecture, même si je disais le contraire à mon invité. Whitman pouvait attendre. Thoreau aussi.

Cole porta le goulot de sa bière à ses lèvres en me jetant un regard nerveux.

— Tu sais... Tu n'as pas à m'attendre. Je ne vais pas avoir d'accident ici.

Il tourna son attention vers la crique avant de continuer :

— Je suis sûr que tu as des amis. Une copine, ou tu sais, quelqu'un avec qui tu aimes passer du temps. Tu n'as pas à mettre ta vie de côté parce que je séjourne chez toi.

Je pris dans la glacière entre nous deux autres bières. Ce ne serait pas le Maine s'il n'y avait pas de la bière disponible à l'extérieur comme à l'intérieur.

— Je m'inquiète encore que tu te tires dessus accidentellement, dis-je en décapsulant les bouteilles.

Une autre gorgée de bière froide fit descendre mon débat intérieur. Je n'avais pas honte de moi, et même si je ne cachais pas mon orientation sexuelle, ce n'était pas quelque chose que je disais à la légère. Je préférais les bars gays, les Gay Prides, les situations où c'était sous-entendu. Là où je n'avais pas à me cacher. Là où j'étais avec les miens, ma famille. Pas ceux avec qui j'étais uni par le sang, mais ma vraie famille.

Même après plus de vingt ans à vivre confortablement dans ma peau de gay, je n'appréciais pas les discussions où je devais révéler mon homosexualité. Mais je l'avais sommairement révélée cet après-midi, avec cette étreinte. Je sentais encore tous les endroits où son corps avait touché le mien. Il n'y avait aucune méprise possible sur la chaleur entre nous, et je ne pouvais être le seul à la ressentir.

Quand faut y aller, faut y aller.

— Pas de copine. Les femmes ne m'intéressent pas.

Cole inclina la tête sur le côté comme s'il avait mal entendu.

— Ça veut dire que tu préfères les hommes ? demanda-t-il, les sourcils froncés.

On aurait dit un chiot qui ne trouvait pas sa balle.

— Ou te considères-tu comme asexuel ? Non pas qu'un manque d'intérêt pour les femmes indique une asexualité. Tu pourrais t'identifier à de nombreuses autres étiquettes. Il y en a toute une gamme.

— Je suis gay, si c'est ce que tu demandes, répondis-je.

La bouche de Cole s'ouvrit en entendant ces mots, mais il se reprit rapidement.

— Super, dit-il d'une voix rauque.

Putain. Putain de merde.

— Ça te pose un problème ? demandai-je en étudiant sa réaction.

— Non.

C'était une réponse un peu trop énergique, comme s'il savait qu'entre les réponses acceptables et les réponses honnêtes, il n'y avait qu'un pas. Ce serait vraiment dommage qu'il soit un homophobe effronté. Je ne pourrais le tolérer. Je n'avais aucune pitié pour les haineux.

— Non, répéta-t-il en remontant ses lunettes sur son nez. Pas du tout. Tu m'as juste pris au dépourvu.

Il leva rapidement les mains, puis pressa les doigts sur ses paupières.

— Merde, ce n'est pas la bonne chose à dire. Je n'ai pas à me préparer avant d'apprendre l'orientation sexuelle de qui que ce soit. Personne ne devrait avoir besoin d'une période d'ajustement pour accepter un autre être humain. Ce n'est pas comme si tu étais en train de me dire que tu gardais un sac de cheveux de ton ex avec toi à tout moment.

— Ne t'inquiète pas, dis-je.

J'étais sincère. Un jour, nous demanderions par curiosité plus que par supposition l'identité sexuelle, les origines, la religion, les compétences... tout ça. Mais ce jour n'était pas encore arrivé, et vu que j'avais un toit sur la tête, que je mangeais à ma faim et que j'avais la mer dans mon jardin, je pouvais faire face aux défauts de l'humanité.

— Toujours amis ?

— Non... je veux dire, oui... toujours. Oui.

Il frotta ses mains sur son visage puis prit sa bière, contemplant la bouteille comme un doux salut.

— Si tu vois quelqu'un, s'il te plaît ne change pas ta routine pour moi. Tu es libre de, euh, l'amener ici.

J'observai sa gorge déglutir pendant qu'il sifflait sa bière, et même si je me sentais mieux après avoir apaisé les tensions entre nous, je mentirais si je disais que je n'étais pas déçu qu'il ne m'ait pas annoncé sa propre homosexualité. La conversation aurait été considérablement bien meilleure. Ça m'aurait aussi permis de comprendre la tension et la pression constantes que je ressentais quand il n'était pas loin. Ça aurait expliqué pourquoi mon corps avait réagi au sien de cette façon aujourd'hui ainsi que son rôle vedette dans tous mes fantasmes.

Mais c'était toujours comme ça avec moi. Je craquais toujours pour des hommes qui n'avaient ni de temps ni d'intérêt pour moi, alors je maudissais le monde brièvement. C'était la raison pour laquelle je ne faisais pas *ça*. Je n'apprenais pas à connaître les hommes, et je ne les ramenais pas chez moi ou ne les laissais pas entrer dans mon monde. Je gardais les choses propres et faciles. Une nuit en ville, dans un bar ou une boîte, un mec que je ne reverrais jamais. Un week-end alcoolisé à Provincetown avec une poignée de balourds qui savaient ce dont j'avais besoin et qui ne s'attendaient à rien arrivé le lundi. C'était mieux quand ça ne signifiait rien pour moi. Quand je m'en foutais.

— Je retiens, dis-je, les mots durs en les forçant à sortir.

— Allez, dit-il en faisant signe vers l'intérieur. Le match commence bientôt, et tu es malheureux quand tu rates la première balle.

Je secouai la tête à ça, balayant mes sombres pensées taciturnes.

— J'aime regarder tout le match. Ça ne veut pas dire que je suis malheureux si je manque la première balle, dis-je. Si tu te contentes des temps forts, ça veut dire qu'on t'a fait tomber sur la tête quand tu étais bébé.

— Mais les parties sont si longues, gémit-il.

— Le base-ball est fait pour être apprécié dans son entiè-reté, le contredis-je. Tu dois prendre conscience que la vie ne devrait pas être réduite à quelques centaines de caractères, McClish.

Il s'arrêta de ramasser nos assiettes et me regarda.

— Attends. C'était une référence à Twitter ça ? Je pensais que tu avais la même approche de la vie que Thoreau dans *Walden ou la Vie dans les bois*, mais tu es un petit discret sur Twitter, pas vrai ?

Cole prenait beaucoup de plaisir à taquiner ma vie rudi-mentaire.

— Ça ressemblait à une insulte gay, McClish.

— Pas du tout, dit-il en riant alors qu'il se dirigeait vers l'évier de la cuisine.

Il posa la vaisselle sale dans l'évier, l'empilant comme je lui avais dit de le faire.

— C'est moi qui lave ce soir.

— Je ne sais rien d'autre sur Twitter, avouai-je en attrapant un torchon sur la poignée du four et en le mettant sur mon épaule pendant qu'il remplissait l'évier d'eau et de liquide vaisselle. Je ne comprends pas à quoi servent toutes ces choses sur Internet, ou pour quelle raison tout le monde les utilise.

— En fin de compte, tu n'en as pas besoin, dit Cole, les mains dans l'eau savonneuse. C'est en gros une étude de comportement de groupe.

J'acceptai l'assiette qu'il me tendait et me mis à la sécher.

— Pardon ?

— Eh bien, oui, dit-il en passant une brosse sur une poignée de couteaux et fourchettes. Les réseaux sociaux sont fondamentalement déshumanisants. La plupart des plate-formes retirent les artifices de la communication humaine et réduisent les gens à leurs instincts primaires. Ce n'est pas pour rien qu'Internet est truffé de porno.

— Oh, murmurai-je.

J'avais entendu parler de ça, le porno, mais j'étais vieux jeu. J'aimais mes DVD coquins, et le sex shop où j'allais à Portland en possédait beaucoup.

— C'est intéressant.

— Les gens sur Twitter sont comme des chats, continua Cole. Ils balancent de la merde, car pourquoi ne pas le faire ?

— Ça semble être un bon moyen d'occuper son temps, répliquai-je.

— Les gens sur Facebook sont des chiens au parc pour chiens. Ils tournent en rond, cherchent les caresses, et aboient quand ils sont heureux, tristes, en colère et perdus.

Il me tendit une autre assiette.

— Les gens sur Tumblr sont des ratons laveurs. Ils ne sortent qu'à la nuit tombée et ils adorent les conneries. Quelques-uns sont sur Reddit, ce sont des crapauds. Ils font beaucoup de bruit puis disparaissent quand quelqu'un souhaite sérieusement interagir avec eux. Et les gens sur Instagram sont des écureuils. Ils aiment les choses brillantes et ne tiennent pas en place.

— Fascinant, dis-je.

Je séchai une autre assiette puis m'attelai aux ustensiles.

— Tu es en train de dire qu'il n'y a rien de bon à en tirer ? Ce ne sont que des gens horribles et des comportements toxiques ?

— Non, bien sûr que non, dit Cole.

Il frottait l'évier à présent, et il le faisait seulement parce que je l'avais durement réprimandé pour l'évier sale quelques nuits auparavant. Il n'avait pas remarqué les morceaux de pommes de terre ou les restes de vinaigrette, mais je ne supportais pas ça.

— Les gens se trouvent, malgré la distance et les facteurs sociaux qui les auraient autrement maintenus séparés. Il y a des communautés de soutien et d'affinité, des groupes se mobilisant pour d'importantes causes, et des collaborations qui n'auraient jamais été possibles avant qu'Internet égalise et condense le monde. Il y a des moments où le meilleur de l'humanité est exposé, mais il y a aussi des moments où elle est au plus bas. Là où il y a du bon, il y a beaucoup de mauvais.

— Et c'est comme ça que tu gagnes ta vie ?

— Oui, dit Cole avec un rire triste. S'il n'y avait pas les chats, les chiens, les ratons laveurs, les crapauds et les écureuils, je n'aurais rien.

Il leva les yeux et me gratifia d'un doux sourire paralysant.

— Je ne serais certainement pas ici.

— Aux chiens et aux chats, dis-je en levant un verre vide.

Il s'empara d'un des verres retournés que j'avais posés sur le comptoir après les avoir séchés, et le geste fit frotter son bras contre mon ventre. Ce n'était pas grand-chose, juste un contact rapide, semblable à ceux que nous avions partagés en faisant la vaisselle tous les soirs cette dernière semaine, mais c'était différent à présent.

— Aux chiens et aux chats, répéta Cole.

Je contins un gémissement avant qu'il lève son verre, et nous portâmes un toast à un monde qui m'était inconnu.

Nous finîmes la vaisselle en silence et bifurquâmes dans le salon quand la cuisine fut propre. Il restait quelques minutes avant que le match commence, et Cole parcourait les chaînes. Il détestait regarder les informations, ce que je ne comprenais pas, mais qui ne me gênait pas.

— Tu devrais vraiment me laisser refaire ton installation, dit Cole en montrant les images du camp d'entraînement d'avant-saison de football américain. Installe un enregistreur et des chaînes de sports. Tu les aimeras quand viendra la saison de foot.

— Assieds-toi et apprécie le match, dis-je en pointant le canapé.

— Chaque minute, dit-il. Mais... une dernière chose. Tu pourrais passer les pubs, tu sais. Je ne peux pas croire que tu aimes toutes les promos pour Canoby Lake Park et Jordan's Furniture.

— C'est là que tu te trompes, dis-je. J'adore ces pubs, et tout le monde sait que Water Country possède le meilleur jingle.

Cole se tourna vers moi, le visage de marbre.

— On ne va pas être d'accord sur ce point.

Nous nous installâmes dans un badinage plaisant d'encouragements, de grognements et d'insultes, ponctué par de confortables silences. J'étais seul depuis des années et imaginais rarement à quoi ça ressemblerait d'avoir un partenaire. Cependant, argumenter malicieusement avec Cole sur les Red Sox me montrait ce que je pourrais avoir. Ce que je voulais.

Il y eut des manches supplémentaires, et bien que je ne sois pas trop habitué à me coucher tard pour ensuite me lever tôt, je campais sur mes positions de regarder tout le match. Oui, j'étais ce gros lourd là.

Cependant, les mains de Cole étaient posées au bas de son ventre, juste au-dessus de son entrejambe et, à travers le tissu fin de son short de sport, je discernais sa forme. Et *oh putain*, c'était une jolie forme.

Sa posture n'était pas ouvertement sexuelle, pourtant je mourais d'envie d'avoir le droit de prendre mon homme en main. Il était suffisamment près pour que je le touche, et je ne pensais pas pouvoir supporter les prolongations ce soir face à une telle tentation.

Quand il parut évident que les Sox étaient en train de gagner haut la main, j'éteignis la télévision et me levai, frottant mes paumes sur le devant de mon short-cargo. Je n'étais pas du genre à avoir des érections spontanées, mais la bière, le short de sport trop fin et la proximité de Cole faillirent m'en provoquer une. Ma queue était lourde et douloureuse, et j'avais besoin de la soulager loin des yeux vigilants de mon invité.

— On prend la mer tôt, dis-je, prêt à tout pour me concentrer sur des sujets qui n'impliquaient pas d'imaginer le frottement de sa joue non rasée contre l'intérieur de mes cuisses.

Il hocha la tête en ramassant les bières vides. Il était pointilleux sur le recyclage et était allé jusqu'à me faire la leçon sur l'impact du plastique sur la vie aquatique. Il en savait curieusement autant, si ce n'était plus, sur la conservation des océans que moi.

— D'accord, dit Cole. Ça marche.

Il avait l'air distant, et non parce qu'il était occupé à ranger la cuisine. Il était distrait.

— Tout va bien, McClish ? demandai-je.

Il plia soigneusement un torchon en trois et le posa sur le plan de travail avec un tapotement, puis il leva les yeux avec un sourire forcé.

— Oui, super.

Je ne le connaissais pas, pas assez bien pour savoir toutes ses humeurs et ses tics, mais j'avais la nette impression que ça n'allait *pas*.

— Cool, dis-je.

Cole tapota encore le torchon et prit un verre.

— Oui, répliqua-t-il en m'observant pendant qu'il remplissait le verre d'eau.

Il le but, ses yeux toujours posés sur moi.

Comme lorsqu'il était assis à côté de moi sur le canapé, boire de l'eau n'avait rien de très séduisant, mais je ne pus m'empêcher d'être attiré par son corps. C'était un vortex qui m'aspirait. J'avais envie de le toucher et le goûter, et qu'il aime ça autant que je savais que j'allais aimer.

Mais ce n'était pas mon destin. Ça ne se passa pas ainsi.

— Écoute, mec, dis-je en faisant un geste vers lui. Tu peux me dire si quelque chose te tracasse...

— Pas du tout, répondit rapidement Cole. Je suis préoccupé par des problèmes avec mon travail. J'ai beaucoup de choses en tête.

Il tapota sa tempe comme pour confirmer la localisation de ses problèmes. Ils ne se trouvaient pas dans son short comme je l'avais espéré.

— Des choses dont je suis en train de m'occuper. Des problèmes, des bugs. C'est tout.

Il hocha plusieurs fois la tête, et j'étais sûr qu'il pensait que la répétition était essentielle pour me convaincre.

— Je vais aller m'attaquer à tout ça.

Il tapota encore une fois le torchon.

— D'accord, dis-je.

Il me contourna et se dirigea vers le couloir sans rien de plus qu'une « bonne nuit » rapide tandis que son torse effleurait mon dos. Je n'insistai pas. Je le voulais, mais je ne savais pas comment m'y prendre. Et plus important encore, j'avais besoin de prendre une douche glacée.

CHAPITRE 9
COLE

Neera : Vous me tiendrez au courant avant de faire quoi que ce soit d'important, pas vrai ?

J'ÉCLATAI DE RIRE EN LISANT LE MESSAGE.

J'étais enfermé dans ma petite chambre depuis quelque temps quand je pris mon téléphone dans l'espoir de me distraire d'Owen. Non pas que je souhaitais une distraction, mais ce n'était pas comme si je pouvais me jeter sur lui. Aussi enchanté que je l'ai été en apprenant son penchant pour les pénis, je n'aurais pas pu baisser mon short et lui demander s'il voulait goûter le mien.

Il était également possible que je ne l'intéresse pas. Deux gays pouvaient vivre sous le même toit sans que ça se transforme en orgie. Même si ça aiderait certainement si l'un des hommes était honnête sur sa sexualité quand de belles occasions comme celle-ci se présentaient.

Je secouai la tête, stupéfait par ma propre stupidité.

Neera : Achats immobiliers, apparitions publiques, équipes de recherche et de sauvetage, les choses comme ça ? Je préférerais ne pas revivre l'incident dans les Appalaches.

Cole : Bien sûr. Mais je me dois de te rappeler que tu pensais que l'incident dans les Appalaches allait être super, et les équipes de recherche et de sauvetage n'avaient pas du tout été nécessaires. De plus, je ne suis pas allé chez le coiffeur sans ton aval en presque dix ans.

Neera : Je vous prie de ne pas y voir une invitation ou une suggestion pour reproduire l'incident dans les Appalaches. Je parle au nom de la haute direction et du comité de direction en vous disant que vous perdre dans les monts Great Smoky la nuit tombée est malavisé.

Cole : Non, rien de prévu dans les Appalaches. Je suis satisfait là où je suis.

Neera : Et pourtant vous ne me direz pas où là se trouve, ce que vous êtes en train de faire, ou quand vous serez de retour.

Cole : Seulement parce que je suis à 100 % certain que tu affréteras un avion et viendras me voir. Ce serait super, mais j'ai besoin de temps et d'espace pour tout résoudre.

Neera : Certaines habitudes ont la vie dure.

Cole : Comme diriger ?

Neera : Vous avez le droit d'avoir une vie privée et des secrets, mais vous avez aussi le droit de faire confiance aux gens.

Cole : Je le fais. Je te fais totalement confiance. Je fais aussi confiance à la personne chez qui je suis, et je veux protéger sa vie privée à elle aussi.

Neera : Oh. Très bien. Je comprends.

Cole : Que je comprenne bien. J'ai le droit d'avoir une vie privée seulement si elle comprend une amitié humaine ?

Neera : Correct.

Ça me provoqua un autre rire. J'aurais pu continuer un peu avec Neera, mais je posai mes lunettes sur le chevet, puis éteignis mon téléphone et le mis dans mon sac en toile. Je n'étais pas d'humeur à lui parler ce soir. Vu ma conduite de tout à l'heure, je n'étais d'humeur à parler avec personne.

Des années auparavant, quand mon entreprise commençait à décoller, j'avais fait une interview en direct. Un *accident de train* ne résumait pas convenablement à quel point ça s'était mal passé. J'avais eu une réponse d'enfoiré à toutes les questions. J'avais pianoté le bras du fauteuil, levé les yeux au ciel et soupiré distinctement. Je n'avais pas réussi à me mettre à l'aise sur le fauteuil donc, j'avais gigoté et bougé jusqu'à être distrait, et puis j'avais envoyé chier l'interviewer quand il m'avait demandé si j'allais bien.

Ce carnage était une réussite brillante comparée à la façon dont j'avais fait face à Owen.

Toutes les occasions se présentaient à moi, et je les ignorais toutes. Je pouvais plaisanter et dire des conneries toute la journée, mais c'était tout. C'était tout ce que j'avais, des conneries. Tous les systèmes étaient prêts, les bases chargées, les étoiles alignées... et je faisais tout exploser. Je ne me contentais pas de tout faire exploser, je réussissais à me faire passer pour un connard indifférent. Je disais tout ce qu'il ne fallait pas, riais comme un idiot et provoquais des silences gênants.

C'était vrai. Je ne savais pas comment m'en sortir.

Avec un gémissement, je fichai le camp du lit et pris la direction de la salle de bain. Je devais me débarbouiller avant d'aller me coucher, et puis j'étais déterminé à dormir pour oublier les indiscrétions d'aujourd'hui et tout reprendre à zéro le lendemain. Je pouvais y arriver. Je pouvais même faire asseoir Owen après la livraison de nos prises quotidiennes et lui dire pour ma...

— *Unnnnnnf.*

Je m'arrêtai dans le couloir, la main figée à trois centimètres de la poignée de la salle de bain, et je l'entendis à nouveau.

— *Mmmmm.*

Il ne me fallut qu'un instant pour comprendre à quoi s'apparentaient le son et le rythme caractéristique du va-et-vient de la peau. L'air quitta ma poitrine et mon corps devint brûlant. Ma peau picota en prenant conscience qu'Owen était en train de se masturber à quelques centimètres de moi.

Une personne respectable aurait tout de suite fait marche arrière et donné à Owen l'intimité qu'il méritait. Je n'étais pas ce gars-là, et je ne pensais pas pouvoir bouger d'ici, même si une famille de petits poneys violets paradait dans le couloir et me demandait la direction du carnaval.

Je me penchai en avant, plus près d'Owen et des bruits que je voulais mémoriser et ranger dans un coin spécial et secret de mon esprit. Si je ne pouvais pas m'inviter à cette séance par respect – parce que j'avais quand même *un peu* de décence –, j'allais l'écouter très attentivement.

Ne me faisant pas confiance pour rester debout sans appui, je posai mon front contre le chambranle. C'est là que je l'aperçus. La porte avait été déformée au fil des années par l'air de l'océan tout près, et la fermer complètement nécessitait de pousser très fort. Ce qu'Owen n'avait pas fait.

Seule une toute petite partie de lui était visible, mais c'était plus qu'assez. Son tee-shirt était remonté sur son torse et son short était à peine baissé, comme s'il s'était abandonné à ce besoin à la hâte. Sa main agrippait le bord de l'évier, les articulations blanches. Je distinguais à peine son autre main, qui bougeait très rapidement et réclamait toute l'attention de ma queue.

J'étais dur et prêt, et je devais prendre une décision. Je pouvais me tenir dans ce couloir pendant qu'Owen se masturbait de l'autre côté de la porte, ou je pouvais retourner dans ma chambre. Il y avait une autre option, bien sûr, mais je n'avais pas les couilles d'ouvrir la porte et d'observer cet acte jusqu'à son aboutissement.

— Ohhh, gémit-il. Oh puuuutain.

Un éclair blanc obscurcit ma vision un moment. Quand celle-ci s'éclaircit, je vis Owen qui mordait une serviette, étouffant ses sons. Le voir désespérer à ce point provoqua quelque chose en moi, et avant même de me raviser, mes doigts étaient enroulés autour de mon sexe.

Je me masturbai en même temps qu'Owen, mais mon plaisir était secondaire. Je ne me préoccupais que de lui. Ses mouvements, ses bruits, son besoin. C'était magnifique, et quand il ralentit le rythme à de longues caresses remarquables qui offraient une vue sur son épaisse érection, je ne pus retenir mon gémissement.

Les yeux d'Owen s'ouvrirent en grand et son regard se dirigea vers la porte. Il m'aperçut, et répondit à mon gémissement par un cri de surprise.

Puis, tous les mots que je connaissais dans cette langue sortirent de ma bouche sans tarder.

— J'allais juste... euh, tu sais, j'allais sortir. Je sortais. De la maison. Un moment. Puis j'allais revenir. C'est une agréable soirée pour marcher. Je veux dire, je me suis dit que je pourrais sortir. Maintenant. Je pourrais sortir marcher. Ou un truc dans le genre. Maintenant que j'y pense, il y avait un podcast que j'avais envie d'écouter, et j'ai des écouteurs à réduction de bruit. Je peux marcher avec mes écouteurs. Aux oreilles. Je n'entendrai rien du tout. Sauf le podcast. J'entendrais ça. Mais tu sais quoi ? Je suis épuisé. Simplement claqué. Je veux dire... non, pas ça. Je ne claque rien. Non. Ce que je veux dire, c'est que je suis somnambule. On m'a dit que j'étais somnambule. Je ne m'en souviens jamais. Je ne me rappelle rien. Je ne me rappellerai rien de tout ça. C'est un rêve.

J'inspirai pendant qu'Owen me regardait en cillant.

La tension entre nous me fit reculer, loin de la salle de bain. Je trébuchai jusqu'à la sécurité de ma chambre et fermai la porte derrière moi. Je contemplai le lit alors que je hoquetais des respirations irrégulières et rapides, et que mon cœur cognait dans mes côtes comme s'il avait envie de sortir. Ma queue, inconsciente que ce voyeurisme avait pris une tournure des plus incroyablement gênantes, palpitait contre mon ventre. Ce n'était pas non plus le genre d'érection que je pouvais ignorer. Je devais remédier à ça à moins de souhaiter me morfondre et souffrir toute la nuit.

La porte de la chambre d'Owen se ferma avec force, et à travers les murs fins, je l'entendis bouger. Je gémis à nouveau, mais cette fois-ci, je gémissais face à ma capacité extraordinaire de tout gâcher.

Comme s'il comprenait la différence entre mes gémissements, Owen rit. D'un rire bas et exaspéré, comme s'il n'arrivait pas à croire ce que je venais de faire.

— Désolé, criai-je au mur.

Il y eut un autre rire et j'entendis les tiroirs s'ouvrir et se fermer.

— Va te coucher, McClish, répliqua Owen.

Obéissant à son ordre, je retirai mes vêtements et me glissai sous les draps. Ma verge élevait une tente où une famille de quatre personnes avec leur vieux beagle pourrait confortablement dormir. Cependant, je me forçai à écouter la nuit au lieu de l'excitation exigée par mon corps.

Les criquets et les cigales stridulaient en même temps et les créatures dans les bois effectuaient leurs rituels nocturnes. Les arbres bruissaient et l'océan léchait la côte et... et je l'entendis à nouveau. *Lui.*

Je l'aurais manqué si les ressorts grinçants de son lit n'avaient pas confirmé ses gémissements. Ma queue répondit en s'agitant à point nommé. J'étais en mauvaise posture là. J'étais plus dur qu'il était humainement possible, je coulais sur les draps et à présent, je devais écouter pendant qu'il terminait le travail. J'étais à une seconde près, avec mon attitude qui ne se refusait rien, de m'effondrer sur le ventre et de m'enfoncer dans le matelas sans me soucier du niveau actuel d'étrangeté entre moi et Owen.

— Va te coucher, Bartlett, lâchai-je.

— Je *suis* couché, cria-t-il en retour. Quelque chose me maintient debout.

Je réprimai un rire quand ça me sauta aux yeux. J'avais déclaré ma présence avant qu'Owen puisse finir, et je l'imaginais aussi ébranlé que moi. Je l'imaginais, lui. Je ne pouvais m'empêcher de penser à la façon qu'il se touchait. Il possédait une qualité trépidante, comme si toute son existence dépendait de son orgasme.

— Désolé pour ça, dis-je.

Un autre bruit confus provint de la chambre d'Owen, et mes doigts trouvèrent mon manche. Je ne pus m'en empêcher. C'était tout bonnement impossible.

— Ça suffit les excuses, gueula-t-il.

Je fermai les yeux et montai ma paume, la faisant onduler sur mon gland de la même manière qu'Owen. Me livrant à cette petite dose d'apaisement, je me permis de croire que j'étais en train de lui montrer ce que je désirais. Ou que c'était lui qui me caressait. Ou que j'avais ma main sur son sexe, et que je lui montrais à quel point je savais comment lui procurer du plaisir. Puis, les fantasmes entrèrent en collision, et je les vivais tous en même temps. Dans mon esprit, je lui donnais tout, et il me donnait autant en retour. Queues, mains, bouches ; aucune limite.

Mes hanches effectuèrent des ruades, qui augmentèrent à mesure que je me masturbais. Le mouvement envoya la tête de lit cogner contre le mur et les ressorts grincèrent. J'entendis alors un ordre très clair de la part d'Owen :

— Ne t'arrête pas.

Tout mon corps frémit, et un grognement se coinça dans ma gorge. Je me fichais que cet ordre me soit destiné ou non. Je le prenais pour moi, et j'étais trop éperdu de désir pour imaginer autre chose.

— Putain, oui, répliquai-je.

J'enfonçai mes épaules dans le matelas en me caressant plus fort, et la tête de lit martela encore le mur.

— Oui, oui, *oui*.

Je dépassais un peu les bornes, c'était sûr. Je n'avais pas honte de dire qu'il y avait un peu de théâtralité dans ces cris de star du porno. Je me donnais en spectacle, et Owen aussi.

Il y eut un bruit sourd suivi d'un gémissement qui venait clairement d'Owen. Je le sentais presque m'observant. Comme je l'avais observé.

— Ne t'arrête pas, répéta-t-il, la voix rauque.

Il avait l'air plus proche, comme s'il parlait directement à la barrière entre nous. Et ses mots m'étaient destinés, ça ne faisait plus aucun doute.

— Ne t'arrête surtout pas.

Nous n'étions plus en train de nous livrer à des actes solitaires sur des scènes différentes, séparées et simultanées par le pur des hasards. Nous partagions l'instant à présent.

Un autre coup se fit entendre au-dessus de ma tête, et j'imaginai Owen se préparer pendant qu'il se caressait là. Il aurait la tête basse, le menton contre le torse et les yeux résolument fermés en se concentrant sur l'arrivée de son orgasme. La sueur goutterait sur son front et la chaleur ramperait sur son cou et ses joues. Il grognerait et halèterait en arrivant sur la fin, et il claquerait sa paume contre le mur chaque fois qu'il se refuserait son orgasme. Bien sûr qu'il le contiendrait. Il m'attendrait. Il ne savait pas être égoïste.

— Laisse-moi t'entendre, dit-il d'une voix éraillée.

Viens ici. Les mots trottaient sur le bout de ma langue, mais je n'avais pas le cran de les dire. Je ne pouvais perturber la trajectoire du moment en proposant un détour.

— Ne te tais pas maintenant, dit Owen au milieu de grognements épuisés.

— Il faut que je jouisse, geignis-je.

— Je te laisserai peut-être jouir, répliqua-t-il.

Mon corps était étroitement tendu, chaque muscle douloureux, et sa réponse était un courant de chaleur qui descendait le long de ma colonne jusqu'à mon membre. Le défi qu'il m'imposait – attendre sa permission – était semblable à un costume trop serré, mais j'avais plus besoin de son approbation que de mon confort.

— Je t'en prie, gémis-je en me déhanchant sur le matelas avec des va-et-vient de plus en plus frénétiques.

Il gronda, mais ne m'offrit rien de plus.

J'avais besoin de plus, et j'allais l'obtenir.

Je forçai mes poumons à respirer. Mes jambes s'écartèrent en imaginant Owen s'installant entre elles, sa main glissant sur sa queue en m'observant. Il pressait sa main libre à l'arrière de ma cuisse, la poussant contre mon torse jusqu'à ce que je sois ouvert pour lui. Un sourire sauvage s'affichait sur ses lèvres alors qu'il me regardait, comme s'il classifiait chaque centimètre et échafaudait des manières de me tourmenter sexuellement. Ses doigts sillonnaient ma jambe et la base de ma verge. C'était le plus léger des touchers, du genre trop gentil et mesuré pour un tel homme. Mais ensuite, il avait deux doigts dans mon sillon, puis en moi me faisant voir trente-six chandelles. Ça n'avait rien de gentil ou de mesuré.

— Oh, merde, soupirai-je.

Mon biceps brûlait et j'avais l'impression de ne plus sentir certains de mes doigts. La poigne sur mon manche était impitoyable, mais j'étais trop avancé pour que ça ait de l'importance. J'étais là, à deux doigts d'avoir mon orgasme, de devenir fou et de perdre connaissance.

— Owen, m'exclamai-je.

Même dans cet état, l'appeler semblait franchir une limite. Mais l'homme entre mes jambes, l'Owen imaginaire qui avait les doigts en moi, acquiesçait et m'autorisait à chavirer.

— Maintenant, commanda-t-il. Tout de suite.

Dans mon esprit, Owen était toujours à genoux entre mes jambes, la main sur son sexe bougeant au même rythme que les doigts dans mon cul. Ce sourire acerbe était toujours là, et il s'intensifiait chaque fois qu'il trouvait ma prostate. Au lieu de grincer des dents dans une merveilleuse agonie, je me noyais dans les frissons et la chair de poule. Il prononçait « à moi » dès que je tremblais sous son toucher, et j'acquiesçais de la tête.

Une giclée après l'autre atterrit sur mon ventre, mon épaule, le coussin. J'entendis un souffle frémissant de la part d'Owen, qui ensuite frappa le mur plusieurs fois en grognant et en bafouillant. Je l'imaginai jouir dans sa main, la poitrine gonflée et la bouche ouverte tandis qu'il grondait de libération.

Je criai et convulsai, m'accrochant au dessus de lit comme s'il pouvait m'empêcher de vaciller. Mais c'était comme si ces choses étaient extérieures à moi, et que je les observais à une distance neutre. À l'intérieur, je glissais dans la douceur profonde d'un orgasme cataclysmique. J'avais les oreilles qui grésillaient, les paupières trop lourdes pour les ouvrir, et tous les muscles de mon corps qui se relâchaient jusqu'à ce que je ne sois plus qu'une forme gélifiée satisfaite.

Je détestais la sensation gluante et spongieuse du sperme

qui séchait sur ma peau, mais je n'avais pas la force de le nettoyer. Je ne pus même pas lever le bras et prendre un mouchoir sur ma table de chevet.

Les draps bruissèrent de l'autre côté du mur, et je sus qu'il était prêt à dormir. Une part de moi, et non une petite, nourrissait l'espoir qu'il entrerait ici d'un pas lourd, la main pleine de sperme, et me demanderait ce que je comptais faire à propos de ça. L'espoir qu'il me retournerait et me forcerait à me mettre face au matelas. L'espoir qu'il enfoncerait ses doigts épais dans mes cheveux et se blottirait contre moi.

— Bonne nuit, McClish, annonça Owen.

Il avait l'air somnolent et ramolli, et j'aimais ça. Je voulais qu'il éprouve ça à nouveau.

— Bonne nuit, Bartlett, répondis-je.

Un sourire comblé et chaleureux s'esquissa sur mes lèvres en m'assoupissant. Avant que le sommeil s'empare de moi, une voix au fond de mon esprit demanda : *que vient-on de faire ?*

CHAPITRE 10
OWEN

JE CLAQUAI LA PORTE DU RÉFRIGÉRATEUR ET ME DIRIGEAI VERS LE cellier.

— Trop tard pour faire du chili, me dis-je. Trop tard pour faire du *bon* chili.

— Il y a un aiglefin entier dans de la glace, dit Cole.

Il était perché sur le plan de travail, les jambes dans les airs et les bras appuyés derrière lui. Il avait la peau qui brillait après une autre journée ensoleillée passée sur l'eau, et les cheveux ébouriffés par le vent. Il ressemblait à une offrande, et je pouvais soit me contenter de lui jeter de rapides coups d'œil, soit souffrir de spasmes de désir dans tout mon corps. Encore.

J'ignorais ce qui s'était passé hier soir. J'étais en train de fantasmer sur les shorts de sport, et la minute d'après, j'étais pressé contre le mur de ma chambre à me caresser au même rythme frénétique que Cole. Puis, il y avait eu ses bruits, et mes bruits, et *oh, mon Dieu.* Je ne savais pas comment me sentir après m'être masturbé avec mon invité vraisemblablement hétéro, alors je passais par toutes les émotions : l'excitation, l'anxiété, l'affection, l'amusement, le choc. Tout ça, et un petit peu de honte.

La honte n'était pas une émotion que je m'autorisais à ressentir, mais je ne pouvais pas penser à hier soir sans frémir d'embarras. Comment avais-je pu laisser les choses aller aussi loin ? À quoi pensais-je ? C'était précisément ça : je n'avais pas pensé. Pas avec la tête sur les épaules.

Et désormais, j'avais passé la journée à essayer de regarder Cole dans les yeux et de parler des homards comme si la veille n'avait été rien d'autre qu'un étrange rêve. N'était-ce pas la vérité ? Je ne connaissais même pas cet homme, pas vraiment, et je me permettais de développer des sentiments vulnérables. C'était dangereux, et je le savais. Les amourettes d'été n'étaient pas pour moi, et cet homme non plus. Il n'allait pas rester, et il n'était pas là pour moi. Il fuyait quelque chose dont je ne voulais pas être au courant, mais je ne pus m'empêcher de ressentir l'envie de m'occuper de lui. De soulager ses peines.

Je grimaçai à cette pensée. Ses *peines* n'étaient pas les seules choses que je souhaitais soulager. J'étais mouillé jusqu'au cou avec ce type, et ce n'était pas ma faute. Cole avait aussi participé. Il n'avait pas provoqué le voyeurisme qui aurait pu être excusé, mais ça avait pris des proportions différentes à cause de lui.

Alors que la nuit tombait, je ne savais toujours pas où j'en étais, où nous en étions, après hier soir. J'avais une déduction logique, bien sûr. Nous avions partagé quelques bières en dînant et d'autres en regardant le match, et l'alcool estompait souvent les frontières pas si bien délimitées de la sexualité.

Rejeter la faute sur l'alcool était toujours la solution.

Non pas que c'était une grande faute. Se branler avec un mur entre nous sortait des sentiers battus, mais ce n'était pas non plus s'inscrire au club des Baloo du Mois. Il y avait de la place pour tout le monde sur l'arc-en-ciel.

Et voilà que je rationalisais. Autant trouver des excuses avant que mes espoirs ne montent en flèche et que je commence à planifier une sorte d'avenir avec Cole. Comme c'était ridicule. Il n'allait rien se passer du tout. Son bateau serait bientôt réparé, il prendrait la mer, et je retournerais à mes éternelles occupations, à me demander pourquoi j'avais tout donné à quelqu'un qui ne pouvait rien m'accorder.

Pas cette fois. Pas d'avenir, pas de *nous*.

Quand je m'étais réveillé ce matin, dur, mortifié et insatiable, j'avais décidé de gérer la situation de la seule manière que je connaissais : me noyer dans mon humeur de chien. J'avais repoussé Cole à coups de regards renfrognés et d'aboiements colériques toute la journée. J'avais tant évité les discussions sur hier soir que je m'étais mis à me demander si ça s'était vraiment passé. J'avais fait semblant d'être désintéressé par sa conversation alors que je m'imprégnais de tout ce qu'il disait silencieusement. Je m'étais trouvé des occupations avec la radio, le moteur, les cartes ; tout pour détourner mon regard de lui. Je l'avais repoussé avant que ce soit lui qui le fasse.

Et cette approche avait bien fonctionné, tant que mes mains étaient occupées à remonter des pièges et à naviguer le long du littoral. La mer ne pouvait cependant plus me sauver maintenant. La maison semblait incroyablement petite, les murs et les plafonds oppressants, et je ne pouvais éviter Cole.

C'était la raison pour laquelle je prenais tout mon putain de temps dans le cellier. J'espérais qu'il s'ennuierait bien assez tôt et qu'il me laisserait en paix, mais ça ne sembla pas arriver.

— Tu veux que j'aille le chercher ? proposa-t-il. L'aiglefin ?

— Pas d'humeur, répliquai-je par-dessus mon épaule. Pour de l'aiglefin.

Clarification importante. Avec un soupir, je tapotai un pot de tomates datant de l'été dernier, et réfléchis aux plats que je pourrais cuisiner avec. Ça m'empêcha de penser à moi entre les jambes de Cole, en train de réclamer son attention. Je pourrais faire ça. Je pourrais remonter mes mains sur ses cuisses, l'attraper par la taille et l'attirer contre moi. Le forcer à me regarder dans les yeux pendant que ma queue était pressée contre son ventre. Le forcer à expliquer ses actions, et puis le supplier de me donner plus.

Je pourrais le faire. Je ne le ferais pas.

— C'est autorisé ? demanda-t-il. Les pêcheurs ne ressentent-ils pas l'honneur de manger du poisson à chaque repas, tous les jours ?

— Non, dis-je en sortant du cellier. Certains d'entre nous sont végétaliens.

— J'en doute, répliqua Cole.

Moi aussi, mais j'aimais l'embêter dans toutes les situations. Celle d'hier soir me venait à l'esprit. Cependant, il était adorable quand il avait l'esprit de contradiction, avec ses sourcils froncés et ses gestes agressifs. Je ne pouvais m'en lasser.

Il croyait fermement qu'il avait toujours raison, et ce même s'il ne connaissait pas le sujet abordé. Il débordait de confiance et d'arrogance, mais je soupçonnais aussi que je faisais partie des rares chanceux à avoir vu son côté vulnérable.

Et puis je me rappelais, encore une fois, qu'il partait bientôt. Il n'avait pas à le dire. Je le savais. Les réparations sur son bateau avançaient, et dès que les pièces high-techs importées de Californie arriveraient, il prendrait la mer. Je ne pouvais supporter la perspective de perdre mon nouvel ami et l'objet de mon désir, et je ne m'autoriserais pas à lui demander des nouvelles de son départ.

L'évitement, mon mécanisme de défense de prédilection.

— C'est vrai, dis-je. Il y a des coalitions entières de pêcheurs végétaliens ; et des femmes, bien sûr, et ils gagnent en popularité. J'imagine qu'ils surpasseront les carnivores en nombre dans dix ans. Ce sera un vrai défi pour les traiteurs lors des conférences.

Je hochai sérieusement la tête.

Le front de Cole se plissa pendant qu'il se grattait le menton. Il avait laissé sa barbe blond roux pousser plusieurs jours avant de la tailler, et cette barbe avait le premier rôle dans mes fantasmes préférés. Je l'imaginais dans mon cou, sur mon torse, entre mes cuisses. Des fantasmes suffisamment nets pour me déclencher une érection qui semblait crier son nom.

Cole leva les mains en secouant la tête.

— Ça ne marchera pas cette fois-ci, Bartlett, dit-il. Je me suis trop laissé prendre au jeu par tes histoires de pêcheurs. Tu ne m'auras pas cette fois-ci avec tes âneries ; non, tes poissonneries.

— Renseigne-toi, répliquai-je avec un rire crispé.

Je posai sur le comptoir à côté de lui plusieurs pots et conserves. Mes doigts mouraient d'envie de caresser sa cuisse. Voir s'il était aussi musclé que dans mes rêves. Au lieu de ça, je jonglai avec une conserve de haricots noirs.

— Étant donné qu'on n'est pas allés au marché ce matin, on n'a pas beaucoup à manger, déclarai-je. Je peux nous faire vite fait...

— Sortons ce soir, proposa-t-il en haussant les épaules.

Il y avait beaucoup de choses que Cole ne comprenait toujours pas sur mon monde. En particulier le fait que l'épicerie ouverte vingt-quatre heures sur vingt-quatre la plus proche se trouvait à une heure de voiture.

— Le marché en ville est fermé, dis-je.

— Je sais ça, rétorqua-t-il avec impatience. On ira à la petite auberge à la place. Ce n'est pas loin, non ? C'est juste après le bois. Allez, tu as mérité de ne pas cuisiner ce soir. Laisse-moi te sortir. Je t'invite.

Un rire surpris sortit de ma poitrine.

— Tu me proposes un rencard, McClish ?

Cole cilla, puis détourna les yeux. Je me forçai à rire, vu que la réponse à ma question prenait plus de temps à venir que ce que je pouvais tolérer.

— Je veux dire... commençai-je.

— Oui, dit Cole en même temps, avec un grand sourire diabolique retroussant les commissures de ses lèvres. Je me conduirai en parfait gentleman.

Je croisai les bras sur la poitrine et le regardai. Mon cœur battait la chamade et était dans tous ces états, et ma queue se mit à nourrir de l'espoir. Il me fallut fournir un effort considérable pour garder une expression neutre.

— Tu n'en serais pas capable, même si tu essayais.

Cole sauta du plan de travail.

— Bon, je ne peux pas refuser ce défi.

Il baissa les yeux sur son tee-shirt.

— Donne-moi une minute pour que je sois présentable.

— Il te faudra plus d'une minute, dis-je à son dos alors qu'il s'éloignait.

Je dus enrouler mes doigts au bord du comptoir pour m'empêcher de le suivre. Chaque centimètre de mon corps voulait le regarder se déshabiller. Je m'assiérais au bord du lit, l'observant pendant qu'il révélerait petit à petit sa peau de surfeur californien. Je ne pouvais m'imaginer rester assis très longtemps. Une fois nu, je passerais mes doigts sur ses cuisses, ses hanches, ses fesses. Je presserais ma poitrine dans son dos et passerais doucement ma queue entre ses joues. Je lui ferais comprendre ce que je ressentais pour lui. Et je ressentais tant de choses.

Sans réfléchir, je donnai un puissant coup de reins dans le placard. Je criai à la fois de douleur et de plaisir. La poignée du tiroir s'enfonça dans mes testicules, dégonflant mon érection et provoquant un frisson inconfortable dans tout mon corps.

— Oh, putain, gémis-je.

Une main sur l'entrejambe, je massai la douleur. Je ne pouvais effacer le fantasme de mon esprit ; et la réalité au bout du couloir, mais ça m'aida. Les yeux fermés, je soufflai entre mes lèvres et imaginai la main de Cole me caresser.

— Eh, ça va, Bartlett ?

J'ouvris d'un coup les yeux et levai les mains.

— Quoi ? demandai-je sèchement en le regardant de l'autre côté de la cuisine. Que veux-tu, McClish ?

— On y va quand tu es prêt, dit lentement Cole.

— Je suis prêt, lâchai-je.

Je n'étais pas prêt. Je n'étais pas prêt pour tout ça.

CHAPITRE 11
OWEN

— Quelle est la différence entre le homard farci et le homard à la lazy man ? demanda Cole en tapotant la table. Tu sais, c'est comme une recherche ethnographique. Je devrais prendre des notes.

— Je suis sûr que la Californie meurt d'envie de connaître la véritable façon de vivre dans le Maine, répliquai-je.

— J'en suis sûr, murmura-t-il. Les blogs culinaires n'attendent que ça.

Il claqua des doigts et pointa le menu du doigt.

— Les pêcheurs végétaliens ne sont pas les bienvenus ici à moins qu'ils acceptent de prendre une petite salade. Je ne peux pas croire que ça te conviendrait.

Cole haussa les sourcils en parlant et je me moquais de ce qu'il disait, car je n'avais qu'une envie, c'était de l'attraper par le cou et de l'embrasser. Tout ce que j'entendis fut « *conviendrait* », et c'était tout.

— C'est juste un bol de laitue iceberg coupée, dis-je les dents serrées. Une rondelle de concombre. Peut-être un morceau de tomate.

— Comme je l'ai dit, ça ne ferait pas beaucoup pour toi,

rétorqua-t-il en me désignant. Tu n'es pas le genre à prendre une petite salade.

Je croisai son regard et le soutins, ce qui fut éprouvant. Je n'abandonnais pas en cillant.

— Probablement pas, finis-je par admettre. Toi non plus.

Il s'enfonça dans la banquette et acquiesça lentement en croisant les bras sur son torse.

— Je vois que tu l'as enfin compris, chuchota-t-il. Bien.

De quoi parlons-nous là ? L'air autour de nous était explosif, et rien d'autre n'existait. Ni l'auberge en effervescence, ni mes problèmes, ni son départ imminent. Il n'y avait que nous, et toute la tension du monde.

Et je ne pouvais le supporter. Je ne pouvais rester assis là et tourner incessamment autour du pot avec ce type, quand tout ce que je voulais, c'était sentir sa peau sur la mienne.

— La recette du lazy man est une recette classique de homard à la vapeur, mais la viande a été retirée de la carapace. Ça s'appelle lazy, paresseux, parce que tu n'as pas à briser la carapace pour le manger, expliquai-je dans une précipitation de mots. Le homard farci se cuit avec la carapace et est farci de chapelure.

Je lui lançai un rapide coup d'œil, puis retournai au menu.

— Tu aimerais l'espadon. Prends ça.

— Tu peux répéter ? demanda-t-il. Je dois écrire ça. Je vais rapporter ce concept à la Silicon Valley et trouver quelqu'un avec qui ouvrir un restaurant de fruits de mer, avec quatre-vingt-quatorze recettes différentes de homard. Finis les poke bowls, faites place au homard du Maine.

Il hocha la tête plusieurs fois.

— Je vais faire fortune, mais d'abord il faut que tu m'ex-pliques le reste du menu. C'est quoi une mye ?

— Un fruit de mer. Qu'on cuit à la vapeur, indiquai-je. Plus de questions.

— Je t'embaucherai comme mon expert en crustacés, dit-il. Je te donnerai une part du bénéfice.

— Plus de questions.

— Je l'appellerai La Maison aux homards d'Owen Bartlett, continua-t-il.

— Non.

— Si, me contredit-il. Si, et tu seras célèbre. Tout le monde voudra connaître la véritable histoire du légendaire pêcheur de homards, et je devrai leur parler de Talbott's Cove. Tu auras des journalistes qui camperont devant ta maison et qui navigueront dans ta crique.

Je levai les yeux au ciel.

— Tu n'es pas censé menacer ton rencard.

— Tu sais, ce n'est pas la première fois qu'on me fait cette remarque, songea-t-il.

— Pas surprenant, murmurai-je.

Cole retourna à son menu, fredonnant et murmurant en parcourant la carte de *La Cambuse*, qui proposait de toute évidence une infinité de plats de poissons. Il ne remarqua pas Annette Cortassi s'approchant de notre box.

Annette était aussi douce que le sirop d'érable, et je me disais que sa photo devait se trouver dans le dictionnaire à côté de l'entrée : fille lambda. Elle était la meilleure des meilleurs, et cette ville se portait bien parce qu'elle en faisait partie. Cependant, elle nourrissait l'espoir de pouvoir me faire basculer de l'autre côté comme on retournait une crêpe.

Elle était convaincue que nous finirions ensemble dès que je lui en laisserais la chance, et j'étais convaincu qu'elle délirait à ce propos. Je ne pensais pas que ma sexualité lui posait un problème en particulier, mais j'étais certain qu'elle me croyait soumis au pouvoir de sa chatte.

L'insinuation que j'abandonnerais toute ma nature profonde était plutôt insultante, mais elle avait appris ce tour de sa mère. Ça me rendait fou, mais je choisissais d'ignorer les avances d'Annette. Je ne lui en tenais pas rigueur non plus. Aucune raison de créer des problèmes quand j'étais sûr qu'elle finirait par comprendre bien assez tôt.

Ma mère essayait encore de comprendre, mais c'était un autre problème pour un autre jour.

— Quelle agréable surprise de te voir ce soir, dit-elle en s'arrêtant à notre table. Je ne te vois plus après le coucher du soleil.

Ses doigts traînèrent sur mon épaule, et je repoussai le désir de l'écarter. Elle accueillit mon regard noir avec un joyeux sourire éclatant d'une chaleur sincère, puis porta son attention sur Cole.

— C'est le nouveau matelot de pont dont je n'arrête pas d'entendre parler ?

— Je préfère le terme pêcheur stagiaire, répliqua-t-il en tendant la main. Cole.

— Cole, présentai-je en désignant Annette et lui. Voici Annette...

— Un plaisir, me coupa-t-elle en prenant sa main dans les siennes. C'est merveilleux de vous avoir ici, Cole. J'espère que vous appréciez votre séjour dans la crique.

La jalousie éclata, rapidement et avec force, et je voulus retirer ses sales pattes de lui.

— Annette possède la librairie au coin, dis-je sans lui laisser le temps de répondre.

C'était grossier, mais je m'en fichais. Il était ici avec *moi*. Nous étions en train de dîner *ensemble*. Ce n'était pas une occasion pour que toutes les célibataires de la ville se frottent à mon ami. Mon matelot de pont. Mon invité. Peu importe, il était à moi et pas à elles.

— Oui, gazouilla Annette. Je peux vous avoir tout ce que vous voulez.

Cole s'appuya contre la banquette en la regardant en cillant. Ensuite, ses yeux reluquèrent son corps. Ce fut rapide. Si je n'avais pas regardé, je ne l'aurais pas vu faire. J'aurais aimé ne pas le voir faire.

— Tout, hein ? demanda-t-il. Impressionnant.

— N'importe quoi, assura Annette. Vous me dites un titre, et je vous l'obtiens.

— C'est marrant, commença-t-il en passant les doigts sur sa mâchoire. Je ne me rappelle pas la dernière fois que j'ai lu un livre en papier. Je suis un digital converti.

Annette lui asséna un sourire patient, mais qu'à moitié.

— Il n'y a rien de mieux que tenir un livre dans ses mains, dit-elle. Peut-être pourriez-vous passer un de ces quatre, et nous pourrions discuter de vos intérêts. Je pourrais vous recommander quelque chose de nouveau. Quelque chose que vous ne vous attendrez pas à aimer.

J'étais sur le point de renverser la table. Juste la soulever et la balancer à travers la putain de pièce. Et puis je dirais à quiconque écouterait que c'était dans mon oreille qu'il gémissait hier soir, après que je lui avais donné la permission. C'était mon nom qu'il avait prononcé en jouissant parce qu'il m'appartenait.

J'allais le faire. J'allais vraiment le faire. Je ne pouvais pas rester assis là à observer s'effondrer toutes ces journées à avoir craqué pour un homme qui n'était pas pour moi, tout ça parce que la belle du village dégainait son vagin et brandissait son machin comme une plante carnivore.

— J'y penserai, dit Cole.

Son ton était charmant, presque affectueux. Comme s'il n'était pas seulement conscient du sous-entendu, mais qu'il prenait vraiment en note l'invitation.

Ça m'étonnerait, putain.

— Et le livre que tu m'as recommandé, alors ? demandai-je

pour détourner son attention de lui. Où est-elle ma commande spéciale, Annette ?

C'était un coup fumeux. Je ne la désirais pas, bien sûr que non, mais l'attention qu'elle portait à Cole me faisait bouillir de jalousie.

— Oh, ne t'inquiète pas, chéri, répliqua-t-elle en serrant mon avant-bras. Elle arrive la semaine prochaine.

Elle se tapota le menton et fit la moue.

— Viens me voir jeudi prochain. Elle devrait être arrivée d'ici là. On peut regarder les nouveautés aussi. Il y en a quelques-unes que tu pourrais aimer. Je te les mettrai de côté. Je ne voudrais pas que quelqu'un les ait avant toi.

Un groupe de femmes au bar appela Annette, et elle agita la main en retour.

— Je dois vous laisser. Soirée entre filles. Vous connaissez.

— Pas vraiment, dis-je platement.

Cole croisa mon regard et haussa les sourcils.

— Pas du tout, ajouta-t-il.

Annette nous regarda tour à tour et rejeta la tête en arrière avec un rire chaleureux.

— Vous être marrants tous les deux. Vraiment marrants. J'adore. Vous devez bien vous amuser ensemble, dit-elle.

Si tu savais, Annette. Si seulement, tu savais.

Elle pointa un doigt manucuré dans ma direction.

— Jeudi prochain. Je resterai ouverte tard pour toi.

Nous l'observâmes rejoindre son groupe, et je jetai un regard de l'autre côté de la table avant de regarder la liste des bières.

— Donc, c'était Annette.

— Mec, lâcha Cole en éclatant de rire. Elle va rester *ouverte tard pour toi.*

Le sous-entendu était lourd de sens dans sa bouche.

— Elle a certaines idées sur certaines choses, déclarai-je avec un soupir irrité. Je ne suis pas toujours d'accord avec elle.

— Ce n'est pas une idée, mon ami. C'est un missile en manque.

Il jeta un œil au groupe d'Annette au bar. Toutes les femmes avaient les yeux braqués sur Cole, même celles mariées, et si elles n'enlevaient pas leurs ovaires de lui, j'allais péter un câble.

— Elle veut te chevaucher comme un cheval.

— Ça n'arrivera pas, murmurai-je en secouant la tête et en relisant les bières, comme si je ne les connaissais pas déjà par cœur après toute une vie passée dans cette ville.

— Oui, c'était ce que je me disais aussi.

Cole posa les bras sur la table en riant.

— Mais elle a l'impression que tu vas la prendre sur une pile de livres la semaine prochaine.

— Bordel, McClish, tu crois que je ne le sais pas ? lâchai-je sèchement. C'est pourquoi tu vas venir avec moi.

— Tu cherches ma protection ? demanda-t-il en tapotant son polo vert menthe moulant son torse mince. Je croyais que je devais me tenir éloigné des couteaux et des fusils.

— Oui, confirma-t-il. Mais j'ai besoin d'un médiateur. Ça fait dix ans que je ne me suis pas retrouvé seul avec Annette.

Il rit.

— À en croire la scène à laquelle je viens d'assister, elle n'a pas bien reçu ton message.

Portant mes doigts à mon front, je me frottai les sourcils jusqu'à ce que l'énergie agitée accumulée en moi se dissipe. Je ne pouvais faire face à toute cette luxure, cette jalousie et cette situation détériorée en une soirée. Je voulais poser ma tête entre les genoux de Cole et le laisser passer ses doigts dans mes cheveux jusqu'à en oublier mon nom. Je le voulais et ce besoin était infiniment plus grand que du désir sexuel. Je voulais le baiser tout l'été, mais je voulais également le prendre dans mes bras et ne jamais le laisser partir.

— Je veux dire, elle a l'air gentille, malgré son déni délibéré. Mais là encore, peut-être qu'elle pense que tu joues les difficiles. On ne te lit pas facilement, mon ami.

— Merde. Tu as raison.

Je sifflai à l'attention du barman.

— JJ, l'appelai-je. Un whisky avec des glaçons.

Je regardai Cole et vis un grand sourire plein d'espoir sur son visage. Je levai deux doigts.

— Deux whiskies avec des glaçons.

— Je déteste devoir te demander ça, commença Cole, mais elle sait qu'elle n'est pas ton genre ?

Je fis tourner la salière dans mes paumes.

— Oui. Je ne cache pas qui je suis.

— Je ne m'attendrais pas à ce que tu le fasses, répliqua-t-il rapidement. Mais ça ne fait que confirmer mes premiers soupçons sur cette chère Annette.

— Qui sont ? questionnai-je.

— La garce a des couilles, déclara-t-il en riant.

— Non, elle... débutai-je, mais ma voix s'éteignit. C'est quelqu'un de bien. Le problème en vivant dans la même petite ville toute ta vie, c'est que tout le monde connaît ton histoire, et tout le monde se forme sa propre opinion. Et ce ne sont pas les seuls. Je suis au courant des histoires de tout le monde, moi aussi. J'ai mon opinion sur nombre d'entre eux.

Je désignai de la tête le bar.

— Lincoln, le mec avec la casquette de l'équipe des Patriots ? Je l'ai vu dans des bars gays à Portland. Assez souvent pour savoir qu'il aime le cuir et les ceintures Levi's. Il est marié et a deux enfants. Puis, il y a Fitzy, le grand type au tee-shirt bleu ? Son fils est en désintox pour une addiction aux opioïdes. Pour la troisième fois. Sa femme ne veut pas qu'il revienne chez eux après le traitement, parce qu'il leur a tout volé pour acheter des pilules. Fitzy vient ici presque tous les soirs pour éviter de se disputer avec elle à ce propos, et je ne peux pas lui en vouloir. Et tu as Brooke-Ashley là-bas. Elle a fait ses études quelque part dans le sud, dans une université chère et prestigieuse. Elle a eu la meilleure note de sa promo, s'est trouvé un super boulot à New York, tout ça. Mais elle est rentrée il y a deux ans, sans expliquer la raison à personne. Certains disent qu'il lui est arrivé quelque chose de terrible. D'autres disent que son père a développé des symptômes de démence précoce, et qu'elle a tout abandonné pour s'occuper de lui à la maison.

J'écartai les mains devant moi.

— Elle a décidé de ne porter que le nom de Brooke en partant, mais tout le monde dans le coin continue à l'appeler Brooke-Ashley. C'est comme ça dans les petites villes.

Cole posa les coudes sur la table, et je dus sérieusement me retenir de ne pas caresser les muscles de ses avant-bras.

— Quelle opinion Annette a-t-elle de toi ?

Je fixai la salière, car je n'avais pas la force de jeter un autre coup d'œil au groupe d'Annette. Je n'avais pas envie de me faire jeter de *La Cambuse* parce que je m'étais battu avec des femmes.

— Elle pense que, parce que je suis sorti avec une fille ou deux au lycée, je ne suis pas *totalement* gay. Tu vois, qu'il y a une chance que je sois hétéro pour la femme idéale.

JJ posa deux verres sur la table, sans faire d'effort pour que le liquide ne déborde pas.

— Bonne chance avec ça, dit-il en s'éloignant.

Cole secoua la tête en essuyant l'alcool renversé avec une serviette en papier.

— Mais c'est quoi toutes ces prétentieuses ? Mon Dieu.

Elles sont pires que les évangéliques à se mêler de causes qui ne les concernent pas.

— Je ne sais pas, mec.

Avec un haussement d'épaules, j'avalai mon verre d'un trait. Chaque millilitre d'alcool allait me revenir en pleine face demain matin, mais je m'en moquais ce soir.

— Mais ce n'est pas la bonne pour moi.

Cole contempla son verre et prit une rapide gorgée.

— Bon à savoir.

— Ah oui ? Pourquoi ? demandai-je alors que la jalousie refaisait surface. C'est ton genre ?

Il inclina la tête sur le côté, un demi-sourire aux lèvres.

— Non. Je ne fais pas dans les pom-pom girls ambitieuses, pétillantes et guillerettes, répondit-il.

— Pourquoi ? Tout le monde aime les pom-pom girls, avec leurs jupes et tout le reste.

Le whisky me montait déjà à la tête, et je sentais ma langue se délier.

— Pas moi.

Cole se pencha au-dessus de la table, ses articulations frottant le dos de ma main en se déplaçant. Il inclina la tête dans ma direction avec le même demi-sourire qu'il utilisa pour rejeter les jolies pom-pom girls. Tous les nerfs de mon corps palpitaient à ce toucher imperceptible.

— Les femmes ne m'intéressent pas, Bartlett.

Je cillai, figé, alors qu'il me balançait les mêmes mots que moi. Chaque conversation, chaque souvenir de lui enlevant son tee-shirt sur le bateau, chacun de ses sons hier soir m'envahit. Je me rendis compte que ce type ne savait pas comment me faciliter les choses. Il n'était que secrets et mystères, et enchaînait les pétrins compliqués. Il gâchait à lui tout seul mon existence calme et confortable avec ses questions, ses bruits et ses abdos indécents, et ça, c'était avant que j'apprenne que j'avais une chance avec lui. Avant cette conversation, c'était une chance à court terme. Un béguin qui se terminerait aussi vite qu'il avait commencé.

Mais à présent qu'il m'avait adressé ce sourire, caressé la main et avoué une de ses silencieuses vérités, il était devenu une malédiction.

— Owen, dis quelque chose, dit Cole, la voix empreinte de la même panique détachée que j'avais entendue hier soir.

Il fixa la table, et éloigna ses doigts de ma main.

— Tu n'aurais pas pu le dire plus tôt ?

Cole passa la main sur sa mâchoire.

— Ça ne semblait pas le bon moment, dit-il sans croiser mon regard. Mais j'ai eu envie de toi depuis que tu m'as ramené comme un chien errant.

— Eh bien, j'aurais apprécié avoir cette information plus tôt, dis-je. Hier soir, par exemple.

Il avait la décence de fixer la table tandis que ses joues rougissaient à la mention de notre échange torride.

— Tu m'as rendu tellement dur hier soir, murmura-t-il. J'avais besoin de toi.

Un silence stupéfait décrivait à peine mon état de conscience actuel. Je sentais toujours ses doigts sur mon poignet, son toucher brûlant ma peau autant qu'un tatouage. Je passai la langue sur mes lèvres sèches. Je pris mon whisky pour le poser ensuite, attrapai ma serviette pour la jeter sur le côté.

— Tu semblais très bien t'en sortir tout seul.

— Seulement parce que j'imaginais ta main sur ma queue, répliqua-t-il. Et... ailleurs.

Je verrouillai mes doigts autour de son poignet et tirai dessus. Les seuls mots que je parvins à formuler furent :

— Je ne t'ai pas dit d'enlever ta main.

— D'accord, dit-il en déglutissant.

La vision de sa gorge agitée me rendit dure comme la pierre.

— Bien. C'est bien.

Sans le quitter des yeux, j'appelai JJ et lui réclamai une nouvelle tournée.

CHAPITRE 12
OWEN

— ATTENDS, ATTENDS UNE MINUTE, LANÇA COLE EN ÉTIRANT bizarrement ses bras alors qu'il trébuchait. Regarde.

Je m'approchai de l'érable à ma droite, ressentant le besoin de m'appuyer à quelque chose. Se pencher était plus simple que rester droit.

— Qu'est-ce que je regarde ?

Il était tard et nous étions saouls. Mais le pire, c'était que nous avions passé la soirée à flirter comme de jeunes amoureux, et que j'étais sur le point de lui sauter dessus. Cole le savait, lui aussi. Il le voulait. L'étincelle dans son grand sourire sournois, la façon dont son regard me nimbait de chaleur, son incapacité à passer plus d'une minute sans me caresser la main. Il en avait envie autant que moi ou... ou c'était un gros allumeur quand il buvait. Mon Dieu, j'espérais que ce n'était pas ça.

— Les lucioles, murmura Cole. Plus on fait du bruit, plus elles se cachent. Elles n'aiment pas le bruit ou le mouvement. Ou la lumière. Mais je sais qu'elles sont là. Attendons. Elles reviendront.

— Ouais, répliquai-je en transférant le poids de mon corps

contre l'érable. J'en ai vu beaucoup de fois, bâillai-je. C'est ça qui te fait craquer ? Les lucioles ? Tu aurais dû me le dire deux semaines plus tôt.

Cole s'accroupit bien bas et resta silencieux un long moment.

— Je suis allé dans le Tennessee une fois. Il y a une chercheuse là-bas, une vieille femme spécialiste des lucioles synchrones des Smoky Mountains.

Il se leva et effectua un petit cercle.

— Photinus carolinus, ajouta-t-il comme si j'avais besoin de ce détail. Les mâles clignotent au même rythme. C'est un appel à l'accouplement. Mais ils ne vivent que dans certaines régions.

— Comme, les Smoky Moutains ? demandai-je en riant.

— Eh bien oui, acquiesça-t-il. Et quelques autres régions au sud des Appalaches.

— Je ne peux pas t'imaginer au sud des Appalaches, murmurai-je.

Cole était trop occupé à chercher les lucioles pour m'entendre.

— J'ai emmené un groupe de mon... euh... d'hommes d'affaires sur le sentier des Appalaches, poursuivit-il. J'avais dans l'idée de réveiller l'émerveillement et la nostalgie de gamin qu'on possédait avant. Tu sais, avec les campings d'été. Le plein air.

— Et les lucioles, ajoutai-je.

— Et les lucioles, répéta-t-il.

Il me fit signe de le suivre. Je quittai l'arbre à contrecœur, mais le mouvement me fit percuter son épaule. Ses bras m'entourèrent, ses paumes se posèrent sur mon ventre et dans le bas de mon dos, pour me maintenir stable.

— Tout doux, grande perche.

— Ça va, ça va, dis-je en me redressant.

Cependant, mon corps s'était embrasé là où il m'avait touché. Je tapotai son épaule en guise de remerciement, mais m'attardai quelques secondes de plus. Pas suffisamment.

— Certaines espèces de lucioles se meurent, dit Cole.

Apparemment, lui ne nécessitait pas d'une pause d'au moins une minute pour se remettre de mon toucher avant de parler. Quel chanceux, ce Cole !

— Le halo lumineux, le phénomène d'éclairage constant des villes, des autoroutes et des écrans, interfère avec leurs écosystèmes. Et j'ai pris une poignée d'hommes d'affaires, le genre qui faisait carrière dans l'avancée technologique, et je les ai emmenés dans les Smoky Mountains pour observer les lucioles.

— Ça a fonctionné comme tu le voulais ?

— Pas du tout, dit Cole en riant. La chercheuse ne nous a autorisés à emporter ni téléphones ni tablettes. Comme je l'ai dit, les écrans sont une partie du problème... ou les flashs.

Il bégaya en trébuchant sur une racine d'arbre apparente sur le chemin. Je reposai la main sur son épaule, et l'y laissai cette fois-ci.

Par sécurité, bien sûr.

— Il y avait eu un incendie de forêt la saison précédente, et certains des chemins avaient disparu. On ne s'est pas perdus parce que la chercheuse connaissait la forêt comme sa poche, mais le voyage ne s'est pas passé comme prévu. On n'a pas eu la chance de voir des lucioles, pas vraiment. On a vu quelques clignotements au loin, mais l'incendie avait réduit leur population, soupira-t-il et je serrai son épaule en guise de réponse. Ils ont raté ce que je voulais leur faire ressentir.

— Tu as des lucioles maintenant, murmurai-je.

Cole ne répondit pas. Il contempla les bois, et pointa et murmura joyeusement quand il aperçut une autre petite lumière.

— C'est vraiment quelque chose quand tu y penses, dit-il. Les lucioles adultes ne sont actives que deux semaines. Elles vivent presque deux ans, mais elles passent la plupart de leur temps à manger des insectes et à traîner, sans faire grand-chose. Elles ne font qu'attendre et attendre ce court moment où elles doivent s'accoupler, et alors elles n'ont que deux semaines pour y parvenir.

— Ça a l'air très stressant, fis-je remarquer.

— Mais n'est-ce pas toujours comme ça ? Tu passes une éternité à attendre le bon moment, mais ensuite le bon moment se termine avant même que tu le saches.

Cole haussa les épaules, et j'avalai un gémissement à la sensation de ses muscles s'activant de haut en bas sous mon toucher.

— C'est sûrement la raison pour laquelle elles ont une vie sexuelle très active.

— On devrait avoir une vie sexuelle extrêmement active, marmonnai-je.

— Une fois qu'elles trouvent un compagnon, le sperme met plus d'une heure à se transférer, dit Cole.

On aurait dit qu'il lisait un manuel scolaire ; un manuel scolaire sexy sur les lucioles coquines. Ou dans ce goût-là.

— Ça m'a l'air pas mal.

— Une fois le transfert de sperme fait, le mâle reste pour repousser les concurrents. Il veut que personne ne s'approche.

Il haussa à nouveau les épaules, et si j'étais sobre, je croirais qu'il me caressait la main avec sa joue. Mais là encore, si j'étais sobre, je ne serais pas en train de masser son épaule dans les bois en pleine nuit. J'aurais continué cette conversation dans un endroit avec des lits. Et du lubrifiant.

— Ils défendent leur putain de territoire.

— Moi aussi, dis-je.

Pas sobre, pas de remords.

Cole s'arrêta et pointa du doigt les bois. Il faisait sombre là-bas, complètement à l'abri de la lumière régulière du phare. Cette pénombre éveilla un tourbillon et un flot d'étoiles minuscules. Elles clignotèrent au rythme silencieux d'un ancien univers auquel nous étions invités, tels des voyeurs d'un rituel d'accouplement qui reflétait mes propres désirs.

— Je l'ai, dis-je doucement. La nostalgie. Elle est authentique. Ou, aussi authentique que lorsqu'on m'appelle pour un plan cul.

— Je ne souhaitais pas que mon équipe en tire cela, mais c'est vrai, répliqua Cole. Je voulais qu'ils pensent micro – les lucioles – et macro – nous. Mais ils n'en tirèrent rien de tout ça.

Il soupira et cette fois-ci, ça ne fit aucun doute qu'il frotta sa joue contre ma main. Cette peau du cou. *Ah.*

— Ils sont en train de nous clignoter leur joyeuse petite bite, dit Cole. Ce n'est rien qu'un ensemble de bites annonçant : *On est là pour baiser.*

— En gros, on est en train de regarder une orgie de vers luisants, résumai-je.

— Je sais, murmura-t-il. C'est génial, jusqu'à ce que tu y réfléchisses vraiment.

— Tu aurais dû parler du sexe à ton équipe. Ça a attiré mon attention.

— Devrions-nous leur donner un peu d'intimité ? demanda Cole.

J'allai répondre, mais au lieu de parler, je pressai mes lèvres sur son cou. Ma main passa de son épaule à son torse, et je l'attirai plus près. J'aurais dû m'arrêter. Le repousser, arrêter ça, et comprendre ce que nous étions en train de foutre. Car la chaleur entre nous augmentait seconde après seconde, et j'étais à un souffle de perdre la tête... de perdre toute ma tête et de laisser le besoin me guider. Mais je n'arrêtai pas.

Pour une fois dans ma vie – deux fois si on comptait les indiscrétions d'hier soir – je fis ce dont j'avais envie sans penser ni aux conséquences ni aux répercussions. Je portai la main au visage de Cole, le détournai de l'orgie de vers luisants, et l'embrassai.

Dans un coin de ma tête, je savais… qu'un mauvais mouvement pourrait mettre fin à tout ça, et nous laisser qu'avec des moments gênants et des sentiments violents, et je ne voulais rien de tout ça pour nous deux. Je m'étais fait un ami inattendu, que je n'étais pas prêt à perdre.

Il se tourna dans mes bras, ses lèvres rencontrèrent les miennes, ses mains s'abaissèrent à ma taille, ses doigts caressèrent le bas de mon dos de la plus mièvre des façons, et je fus sur le point de perdre la raison. C'était comme ces secondes entre le moment où on se trouvait à la proue et celui où on plongeait dans l'océan, quand on perdait toute stabilité et tout équilibre avant de se redresser une fois dans l'eau.

Je pris son visage entre mes paumes et pressai mes lèvres sur les siennes en un baiser qui était trop torturé, trop désespéré pour être le genre de baiser qu'il méritait. Nous nous agrippâmes l'un à l'autre, poussant, tirant, et nous livrant au jeu interminable de qui toucherait le plus l'autre.

— Dis-moi que c'est en train d'arriver, haleta-t-il contre mes lèvres.

— Qu'est-ce qui est en train d'arriver ? demandai-je.

Je voulais qu'il crache le morceau. Qu'il prenne un papier et me fasse un schéma. Il ne pouvait pas y avoir de problèmes de communication en cet instant.

— De quoi as-tu envie ?

Cole nicha son visage dans le creux de mon cou, ses lèvres explorant ma peau tandis que sa main descendait jusqu'à serrer ma queue. Il le fit avec autant de fermeté et de confiance que je l'avais imaginé hier soir. Avant de le trouver devant la salle de bain, et après.

— J'ai envie de ça, dit-il en libérant une expiration chaude dans mon cou.

Saisissant ses épaules, je le reculai assez pour le regarder dans les yeux. Mon geste était dur, presque éprouvant, et je l'aurais regretté si ce n'était pour le soupir joyeux sur les lèvres Cole.

Ouiiiii.

— Dis-le, ordonnai-je en resserrant mon emprise sur lui.

— J'ai envie de toi. Tellement que j'en souffre, déclara-t-il dans un cri.

Il n'y avait qu'un seul moyen d'apaiser sa souffrance. Sans un mot, je le plaquai contre un arbre et m'agenouillai. Mes mains étaient agrippées à ses hanches pendant que je pressais mon visage sur son entrejambe chaud. Il était épais et dur dans son short, et je passai ma barbe négligée sur le tissu pour sentir sa longueur.

— Fais-le encore une fois et je vais jouir dans mon short, bredouilla Cole avec un hoquet.

— Tu as trop bu pour le faire ? demandai-je.

Je déboutonnai son short en même temps, mais demandai quand même.

— Je ne veux pas que tu aies des regrets demain.

Cole secoua la tête, ce qui fit bouger tout son corps. Je dus attacher mes bras à sa taille pour éviter qu'il tombe par terre.

— Non, dit-il d'une voix traînante. Je ne sais pas boire. C'est mon pire défaut. Ça, et mon penchant pour hurler sur les gens qui travaillent pour moi. Mais bref. Non, je suis tout à fait lucide. Je ne peux pas m'arrêter de penser. J'ai essayé. Une fois, à la fac, j'ai essayé de me rendre suffisamment saoul pour trouver les femmes attirantes. Genre, sexuellement. Je veux dire, les femmes sont belles, mais...

— Où veux-tu en venir ?

Je baissai son boxer et son sexe se balança, libre. Il tapa dans ma joue, et même si je désirais plus que toute autre chose le prendre en main, j'attendis. Je ne savais pas d'où me venait cette force herculéenne, mais elle m'était fort utile en cet instant.

— J'y viens, Owen, répliqua-t-il en exagérant les mots comme un adolescent insolent. Je ne peux rien faire pour m'arrêter de penser. C'est le souci quand on a un QI extrêmement élevé. C'est l'un des plus grands jamais enregistrés.

— Ne m'oblige pas à te bâillonner, dis-je avant de réfléchir. À moins que tu aimes ça.

— Non, dit-il. Mais si tu ne me suces pas tout de suite, je vais commencer à penser que tu ne sais pas comment faire.

Je secouai la tête et eus pitié de lui. J'enroulai mes doigts autour de son membre avant de passer les lèvres sur son gland. Il était épais et chaud, et il sentait le paradis le plus hédoniste que je pouvais imaginer.

— Toujours quelque chose à dire.

Les mains de Cole se posèrent sur mes épaules, et m'étreignirent avec force.

— Encore, ordonna-t-il.

Je pensai à le titiller. Si ça avait été un coup d'un soir banal, je l'aurais fait. Je répondais habituellement aux ordres en tourmentant davantage. Même chose avec les implorations et les supplications. Mais plutôt que revendiquer mon contrôle, je voulais donner à Cole ce dont il avait besoin. Même si ça voulait dire céder un peu de contrôle.

— Je t'en prie, encore, supplia-t-il.

— Tout ce que tu veux, murmurai-je en passant ma langue sur lui.

J'appris ses contours en léchant de haut en bas sa longueur, autour de son gland. Ça ne prit pas longtemps, peut-être une minute ou deux, mais ce fut pour moi un voyage épique. J'étais Magellan à ce moment-là, et j'avais l'intention de dessiner la carte de mon Nouveau Monde.

Les mains de Cole glissèrent de mon cou à mes cheveux, ses hanches effectuant des ruades pendant que je m'occupais de lui. Les bois semblèrent se refermer sur nous, la nuit joignant ses forces aux bruits de la nature et au parfum brut de la terre. C'était primitif, comme si les bois exigeaient que je fasse de cet homme le mien.

Le voile d'obscurité offrait un sanctuaire voyeuriste, un secret conférant un peu d'intimité. La terre humide sous mes genoux, les insectes luisants et les scarabées vrombissant autour de nous, les créatures qui rôdaient au loin, le murmure des arbres et le rugissement de la mer. Tout ceci formait un chœur imperturbable.

Je l'engloutis, centimètre par centimètre, et soupirai de délice quand mon nez effleura son aine. Son odeur était diffé-rente ici, plus riche. Dans un coin de mon esprit, je savais que je ne serais jamais capable de m'aventurer dans ces bois sans me rappeler cette odeur. Je n'étais pas prêt à faire face à cette pensée ou à la possibilité que cet homme puisse représenter quelque chose, peut-être tout pour moi, alors je la repoussai bien loin en m'affairant à faire l'étalage de mes plus grands talents pour la fellation.

Et autant dire que du talent, j'en avais. Personne n'accu-mulait une décennie de coups d'un soir insignifiants sans apprendre comment faire une parfaite fellation.

Les doigts de Cole se resserrèrent sur mes cheveux.

— Je, commença-t-il avec une voix aiguë pendant que mon poignet travaillait vite et que ma langue roulait sur le côté de son membre.

Il se cambra contre l'arbre.

— Je... *mmm*... oui.

Je marmonnai en retour et détachai ma main libre de sa hanche pour la mettre entre ses jambes. Mon toucher était léger et doux tandis que mes doigts sillonnaient sa cuisse, ses bourses et ses plis. Je fus aussi surpris que tout le monde de parvenir à être doux et gentil, mais j'appréciai également.

J'étais doué pour faire les choses durement, violemment et vite ; et je supposais que ça m'allait bien. J'étais un grand gars qui travaillait sur des bateaux de homards. Bien sûr que je baisais aussi durement et violemment que je travaillais. Mais… non. Non, ça ne m'allait pas. Un homme possédait plus de facettes que sa profession, et je savais que c'était vrai parce que je voulais allonger Cole sur mon lit, masser chaque centimètre de son corps, et le prendre aussi doucement et tendrement qu'il pouvait le supporter. Et puis je voulais qu'il fasse la même chose avec moi.

— *Ohhh.*

Je levai les yeux et trouvai Cole, la tête appuyée contre l'arbre, les yeux fermés et la poitrine gonflée. Même dans la pénombre, je distinguai un rougissement sur ses pommettes saillantes. Je voulais lui dire qu'il était beau, idiot et érotique, tout à la fois. Je voulais voir la façon dont mes mots l'affectaient. Je voulais qu'il me parle, et je voulais que ce soit aussi confus que moi.

Cependant, je ne le fis pas. Je continuai à le sucer, le caresser, faire part de mes désirs de la seule manière que je connaissais. La nuit laissait place à mon cœur et ses notions poétiques, et je pouvais le supporter tant que je la passais avec Cole dans mes bras.

J'insérai un doigt en lui et il cria, un cri à la fois désespéré et brutal. Ses bourses étaient contractées et lourdes contre mon poignet, et je redoublai d'efforts, l'avalant profondément pendant que je massais ce point magique.

— Qu'est-ce que tu me fais putain ? Qu'est-ce qui se passe

là, bordel ? cracha Cole. On dirait une supernova. Ou le franchissement du mur du son. Ou de la fusion froide. Peut-être de la magie noire. Je ne m'y connais pas beaucoup, mais...

Il ne finit pas cette idée, car il lâcha un jet dans ma gorge. Il continua à soupirer et à gémir alors que je léchais chaque goutte et cartographiais sa peau avec mes lèvres. Des minutes passèrent, pendant lesquelles il lutta pour reprendre son souffle, ses doigts toujours serrés autour des mèches de mes cheveux.

Ma verge palpitait au point que ça me fasse mal. C'était comme l'un de ces vieux dessins animés où un personnage se cognait la tête avec un marteau, et la bosse provoquée était blanche puis rouge, blanche puis rouge. Un grognement grandissait dans ma gorge et j'étais prêt à me jeter sur lui. À lui arracher les vêtements, le retourner, le pencher, et prendre ce que je désirais. Ce dont j'avais besoin.

Bien que mon corps le souhaite, ce n'était pas le cas de mon cœur. Même si je venais de lui couper le souffle, je ne pouvais me résoudre à déverser sur lui ce genre de désir égoïste. C'était idiot, vraiment. C'était au mieux une amourette d'été ; au pire, un coup d'un soir. Il allait partir et j'allais rester, et cela n'avait aucun sens de me torturer avec ces pensées émotives. Mais j'étais déjà stupidement prêt à tomber éperdument amoureux.

La poigne de Cole sur mes cheveux se relâcha.

— J'espère que tu n'en as pas fini avec moi.

J'embrassai la partie au-dessus de son entrejambe et secouai la tête, volant une autre bouffée de son parfum.

— Loin de là, répliquai-je.

Cola souffla en grognant dans sa gorge. Il posa ses doigts sur mon crâne et releva ma tête pour croiser mon regard affamé. Il avait les paupières tombantes, mais était aussi sobre qu'un chameau. Il fit un signe du menton vers le bas.

— Rhabille-moi.

Obéir aux ordres n'était pas mon genre, mais servir Cole l'était. Je le servais depuis qu'il avait dérivé dans ma crique, et je n'étais pas près d'arrêter.

— Un « s'il te plaît », ce serait trop demandé ? demandai-je en passant mes dents au même endroit adoré quelques secondes auparavant. Ou je suis simplement bon à bouffer ta queue, petit prince ?

Cole empoigna mes cheveux en ricanant.

— Je t'ai supplié au moins neuf mille fois ce soir.

Je fis un suçon sur sa peau et remontai son caleçon, prenant soin de faire claquer l'élastique une fois bien remonté.

— Si tu sais ce qui est bon pour toi, tu n'arrêteras pas de me supplier, murmurai-je. Tu peux être autoritaire ou mal élevé, mais pas les deux.

— Je crois que tu aimes les deux.

Son short était baissé à ses chevilles, et je fis de mon mieux pour nettoyer la saleté du sol de la forêt avant de le remonter sur ses jambes fines.

— Tu ne sais pas ce que j'aime.

Cole enroula la main autour de mon biceps et me releva.

— Je vais le découvrir.

Il s'affaira à pincer les coutures de mon tee-shirt et à lisser mes vêtements. Il passa ses mains de mes épaules à mes doigts, puis pressa sa paume sur ma queue douloureuse.

— Très vite.

Toute la force du monde ne m'empêcha pas de murmurer :

— S'il te plaît.

CHAPITRE 13
COLE

Il y avait du chemin entre cet endroit dans les bois et la chambre d'Owen, beaucoup de chemin, mais il me prit la main et me guida, et tout le reste disparut. Je voulais prendre une photo de nous, comme ça. Mon homme, me tenant la main pour me guider. *Mon homme.* Ça, c'était rare.

Une fois à l'intérieur, il attaqua mes vêtements. Il les déboucla, les défit et les déboutonna. Quand mon caleçon tomba à terre, Owen se recula et me regarda, se délectant de ma peau nue.

Avant que la modestie prenne le dessus, j'agrippai ma queue à la base et la caressai nonchalamment. Un grognement monta dans sa poitrine et ses sourcils se baissèrent en guise d'avertissement. Son souffle était rapide, des halètements irréguliers qui me faisaient l'effet d'une berceuse attirante. Je ne connaissais rien d'autre que la faim, une avidité absolue pour cet homme.

— Enlève-le, dis-je en attrapant son tee-shirt.

— Là, tu te bouges, déclara-t-il. J'ai cru que tu allais juste me laisser te regarder te branler. Non pas que je m'en plaindrais, mais ce n'était pas ce que j'avais en tête.

Je relevai son tee-shirt et le passai par-dessus sa tête, puis je m'attelai au short, mais c'était un désastre. Au moins un bouton fut sacrifié pour la cause et je lâchai l'affaire avec la fermeture éclair devant la bosse considérable que formait son érection. Laissant tomber la fermeture, je descendis l'habit sur ses hanches et soupirai de soulagement quand il en fut libéré.

— Merde. Désolé pour ça, marmonnai-je. Je ne suis pas doué dans le noir. Ou dans le déshabillage. Ce n'est pas ce que je voulais dire. Non, je veux dire, bien sûr que je sais enlever des vêtements. Je n'ai pas d'expérience quand il s'agit d'enlever les vêtements de quelqu'un d'autre. Ce n'est pas l'un de mes talents. Je pourrais bien être à nouveau vierge.

Owen, que Dieu le bénisse, choisit ce moment pour croiser les bras sur son large torse.

— Tu dis ça comme si c'était une mauvaise chose. Ça ne l'est pas. Je t'apprendrai tout ce que tu as besoin de savoir, dit-il alors que son sexe pointait tout droit dans ma direction.

Ses doigts effleurèrent la ligne de ma mâchoire.

— Tu t'en es très bien sorti, petit prince.

Je ne savais pas ce qu'il y avait dans son approbation et son affection, mais cela me donna des ailes. Je ne perdis pas une seconde avant de le reculer vers le lit, l'allonger sur la couette et prendre sa queue dans ma bouche. Je ne me souvenais pas de la dernière fois que j'avais sucé quelqu'un, mais je rattrapai le talent qu'il me manquait avec mon enthousiasme. J'étais avide de faire ça, de me le faire, et je chargeai chaque coup de langue avec mes années de besoin, solitude, désir et soulagement.

Je le suçai profondément et fermement, et ses mains étaient partout. Autour de mes épaules. Sur mon crâne. Contre ma joue. Et puis sa main trouva la mienne. Nos doigts s'entrelacèrent, nos regards se croisèrent. Le voir là, les yeux plissés alors que je l'entraînais au bord de l'orgasme, roulant des hanches sur le lit pendant qu'il baisait ma bouche, m'excita de façon incomparable.

Et ça fit exploser Owen comme un geyser.

— Tu as le goût de l'océan, murmurai-je après avoir avalé chaque giclée palpitante. J'ai aimé.

— Bonne réponse, dit Owen en accompagnant ses paroles d'un rire comblé.

Il avait la main sur mon épaule et la serra, m'attirant vers lui.

— Viens là. J'ai envie de jouer un peu avec toi avant de te baiser.

Je lui jetai un coup d'œil entre ses cuisses épaisses.

— Quoi ?

— Ça te va ? demanda-t-il en se redressant sur ses coudes. Ou as-tu besoin d'une pause ?

— Non.

J'étais agenouillé à ses pieds, les bras autour de sa taille et la joue contre la peau chaude au-dessus de son genou, là où son bronzage et ses taches de rousseur s'estompaient. Il sentait le sexe et la terre, et je n'avais jamais vécu un moment aussi sincère. C'était le seul endroit où j'avais envie d'être. Si je fermais les yeux et me concentrais sur le tambourinement de son pouls sous mon oreille, je pourrais l'enregistrer.

— Non, répétai-je.

Owen s'assit en fronçant les sourcils.

— Non, ça ne va pas ? demanda-t-il en frottant ma nuque. Ou non, tu n'as pas besoin d'une pause ?

J'inclinai la tête pour mieux le regarder.

— Quoi ? Je n'ai rien compris.

Il grommela pour lui-même et passa ses doigts dans mes cheveux.

— Tu es sûr que tu n'es pas trop bourré pour ça ?

Je secouai la tête.

— Pas bourré du tout. Plus maintenant.

Owen passa le bras autour de mon torse et me traîna sur le lit.

— Ça aide, je suppose.

Je m'assis à côté de lui et posai la tête sur son épaule.

— Je suis juste un peu… Je ne sais pas. Hébété ?

— Ivre de sexe ? proposa-t-il.

— Sûrement, oui.

Je ris et fis un geste vers son entrejambe.

— Comment ne pas l'être ? Avec tout ça.

— Je suis content que tu aies aimé, dit-il en riant.

Il embrassa mon front et posa la main sur mon torse pour me pousser.

— Mets-toi sur le ventre. Je veux passer quelque temps avec ton cul.

C'était ce dont j'avais besoin d'entendre. C'était *tout* ce dont j'avais besoin d'entendre. Je rampai au milieu du lit. Ma peau brûlait sous le regard torride d'Owen. Ses doigts caressèrent mon mollet et remontèrent sur ma jambe. Un frisson se forma au niveau de mes épaules et parcourut tout mon corps.

— Tu aimes ? demanda Owen.

Un doigt sillonna la ligne de mon genou. Son toucher était à peine perceptible, mais l'impatience ne fit que redoubler l'effet.

— Mmhmm, murmurai-je contre le dessus de lit.

Le rythme était lent, mais intentionnel. Il voulait que je sache comment il titillerait une autre partie de mon corps.

Le matelas s'enfonça au niveau de mon torse. Il planta ses mains près de mes épaules, passa ses lèvres sur mon cou.

— Dans ce cas, je continue, dit-il, son souffle chaud sur ma peau.

Je tremblai à nouveau.

— S'il te plaît.

Owen descendit les lèvres le long de ma colonne vertébrale, léchant et embrassant chaque vertèbre.

— Tu es vraiment doré, chuchota-t-il.

— Et tu aimes ça ? demandai-je. Que je sois doré ?

Je le sentis hocher la tête, la peau de son cou éraflant la partie tendre de mon flanc. Mes poils se hérissèrent.

— J'adore, murmura-t-il. J'ai toujours voulu avoir mon propre garçon de Californie.

Pour la première fois, je le regardai. Il ne le remarqua pas. Son sexe dépassait de son corps. Il était épais et palpitant, le gland brillant avec une goutte de sperme.

— Je n'arrive pas à croire que tu sois à nouveau dur.

— Pourquoi ? Tu t'es vu ?

Il se déplaça vers ma taille, les mains verrouillées sur mes hanches, et me releva. Ses mains passèrent sur mon dos et mes fesses, ses pouces glissant dans ma raie avec suffisamment de pression pour faire frémir ma respiration.

— Pas sous cet angle, répliquai-je.

— C'est un bon angle.

Owen rit en serrant mon derrière, chaque doigt provoquant une pression de désir semblable à un barrage sur le point de se fissurer.

— Mais là encore, tu es sexy sous tous les angles.

Sa poigne se renforça et ensuite, *oh putain*, sa langue s'inséra dans ma chair.

— Oh mon Dieu.

Je ne reçus qu'un grognement en guise de réponse. Il continua à me tourmenter pendant que je me cramponnais au-dessus de lit et balançais les coussins par terre. C'était tout ce que je pouvais faire.

— Ce cul est si délicieux, prononça Owen en attrapant mon sexe entre mes jambes. Je vais le déchirer.

Ses doigts se mouvèrent sur mon érection en de rapides

caresses légères. Ce n'était pas suffisant, et il le savait. Il rit et je m'enfonçai dans sa paume, essayant vainement d'obtenir plus de friction.

— Oh, je t'en prie.

— Ça, dit-il en passant son pouce sur mon gland alors qu'il embrassait ma colonne vertébrale. C'était à *ça* que je pensais hier soir. À toi, dans mon lit. Nu. Essoufflé. Suppliant.

— Tu as pensé à me baiser à un moment donné ? demandai-je. Parce que ce serait super là.

Owen rit.

— Oui, j'ai pensé à ça toute la nuit.

Il tapota le matelas autour de moi, jusqu'à ce que ses doigts se referment sur un emballage de préservatif. J'entendis le déchirement, puis le filet de lubrifiant dans sa paume et ensuite, l'éraflement de sa courte barbe dans le bas de mon dos.

— Prêt ?

— Très prêt, affirmai-je en me tortillant, désespéré de le sentir en moi. Ne m'aguiche pas, Owen. Je ne peux pas, je...

Les mots restèrent bloqués dans ma gorge quand il entra en moi. On aurait dit qu'il était fait de fer, dur et rigide. Mon corps brûlait, vulnérable et chaud, tandis que je m'efforçais de respirer pour apaiser l'étirement et la douleur.

— Si tu crois que j'ai la force de t'aguicher, tu n'as pas bien prêté attention, dit Owen. S'il y a bien quelqu'un qui aguiche ici, c'est toi.

Il posa ses deux mains sur ma taille, ses pouces massant le bas de mon dos tout en s'insérant petit à petit en moi. Chaque coup de reins me provoquait un cri, puis une prière silencieuse pour en recevoir davantage. Il se pencha une fois qu'il fut entièrement en moi, et effleura ma nuque avec ses lèvres.

J'en eus les larmes aux yeux, pas à cause de la douleur, mais de l'impact émotionnel de m'ouvrir à un homme pour la première fois depuis des années. Comme s'il était submergé par la même vague écrasante, Owen m'embrassa le cou et les épaules.

— Ça va ? demanda-t-il alors que ses hanches avaient accéléré le rythme à présent. C'est bon ?

— Oui, génial, s'il te plaît, encore, ne t'arrête pas, balbutiai-je.

Il m'embrassa encore, et puis je le sentis se reculer.

— Bien, dit-il.

La partie charnue de sa paume pressa ma nuque, ses doigts glissant et empoignant mes cheveux. Il me plaquait là, la joue contre le matelas et les draps rassemblés dans mes mains. Mes lèvres étaient entrouvertes pour laisser échapper un gémissement infini alors qu'il me pilonnait.

Il y allait fort, ça ne faisait aucun doute, mais c'était parfait. Je ne le savais pas quand j'avais entrepris ce voyage d'été, mais j'en avais besoin. Pas d'une amourette, pas d'un coup d'un soir violent, mais d'Owen. J'avais besoin qu'il me salisse, qu'il me démonte.

Owen tendit la main pour prendre mon érection.

— Je suis là, dit-il dans un gémissement à peine audible. J'ai besoin que tu sois là aussi.

Je ne pus organiser mes pensées en cet instant. Tout ce que je parvins à faire fut de murmurer, d'acquiescer et de m'empaler violemment sur lui. La sensation d'être comblé dépassait l'entendement, et chaque centimètre de ma peau réagit en s'électrifiant.

— Pour un nouveau vierge, tu sais bien bouger ce cul. Montre-moi, ordonna-t-il. Montre-moi ce que tu aimes, bébé.

J'avais les yeux à peine ouverts, les lèvres entrouvertes et le corps trempé de sueur. Je posai la main sur mon érection, enroulant mes doigts autour de ceux d'Owen, et lui montrai ce que je voulais.

— Ça, bafouillai-je contre le matelas. Juste comme...

La pression de nos mains, de sa queue et de son corps sur le mien me frappa en même temps. Je jouis, revins à moi, puis jouis à nouveau. Je l'entendis rugir et haleter, crier mon nom comme personne ne l'avait crié auparavant, et je sentis son corps se relâcher contre le mien. Il parcourut mon corps de sa main, en frottant et serrant. Il ne put rien tirer de moi hormis des gémissements ou des soupirs occasionnels, et j'espérai que mon sourire comblé et décontracté en disait long.

— Je reviens, dit Owen en pressant ses lèvres sous mon oreille. Reste là.

— Je crois pas pouvoir bouger, marmonnai-je.

Le matelas bougea quand il roula sur le côté. Puis, le sol craqua sous ses pieds, un rappel soudain que je n'étais pas vraiment sur un nuage de marshmallows chauds, mais dans la maison de bord de mer de cet homme, transpirant et exténué de la meilleure des manières. Et je savais, une fois de plus, que je n'avais aucune envie d'être ailleurs.

Owen revint quelques minutes plus tard, un tissu humide dans la main. Il me nettoya et arrangea le lit, pendant que je lui souriais.

— Tu ressembles à une peinture de la Renaissance, dit-il en jetant un coussin sur mon visage. Une peinture de la Renaissance cochonne.

— Les meilleures.

Il remonta les draps sur mon torse et se glissa derrière moi. Il ne dit rien. Je voulais qu'il donne suite, qu'il me dise qu'il aimait quand j'étais un petit cochon. Je voulais une preuve qu'il aimait me provoquer autant que moi le provoquer. Je voulais quelque chose, n'importe quoi qui confirmerait que nous n'avions pas commis une énorme erreur.

— Est-ce que ça va ? demanda Owen en passant la main sur mon flanc.

— Oui, répondis-je. C'était bien.

Owen commença à dire quelque chose, mais s'arrêta. J'avais besoin qu'il dise quelque chose. Il finit par enrouler son bras autour de ma taille et à dire dans un souffle :

— Repose-toi, McClish. Le soleil se lève dans quelques heures.

Ce n'était pas ce dont j'avais besoin, mais c'était quelque chose.

CHAPITRE 14
COLE

Owen fut le premier réveillé. Je n'avais pas besoin de regarder dehors pour savoir qu'il était sur le pont, à préparer la *Douce Carolyne*, car les derniers jours m'avaient appris que cette créature aimait la routine. Une routine qui l'exemptait de reconnaître que nous avions passé la nuit blottis l'un contre l'autre. C'était plus simple ainsi. C'était bien la simplicité, au moins pour aujourd'hui.

Mais au fur et à mesure que l'aube laissait place au jour, je me demandai, confus, où nous en étions. Ce n'était pas comme si Owen était du genre à aimer s'asseoir autour d'un thé et régler les choses. Notre relation avait pris un tournant. Mon cerveau préférait quand les choses étaient précises sinon, j'étais nerveux et détaché. Hormis les courbatures de mes muscles douloureux et satisfaits, ce fut une sortie ordinaire en mer, suivie d'un passage au marché du coin et d'un dîner sur le porche. Et pendant tout ce temps-là, j'avais envie de crier : « *Qu'est-ce qui se passe entre nous ?* »

Bien sûr, je ne le fis pas. J'avais atteint les trente-quatre ans sans vivre une seule relation sérieuse. Avoir des rendez-vous à la Silicon Valley avait son lot de complications. Les gens étaient attirés par moi pour mon argent, mon statut, mon pouvoir, mais jamais une seule fois pour *moi*. La plupart du temps, je doutais que quelqu'un me connaisse vraiment à la Silicon Valley. Bien sûr, j'étais le PDG – euh... l'ancien PDG – au mauvais caractère et avec la réputation d'avoir transformé l'industrie, mais je n'étais pas que ça.

Mais Owen... Il ne connaissait pas le PDG. Il n'en savait rien, et de cette façon, il était le seul à me connaître.

C'est pourquoi ce serait le pire des scénarios si Owen me disait que ce n'était qu'un coup en passant. Qu'il ne voulait pas plus, ou qu'il ne voulait pas plus avec *moi*, et que ce serait fini entre nous.

Au lieu d'expliquer mes problèmes, je sautai le match d'avant-saison de la NFL et me retirai dans la chambre d'amis pour m'atteler à des projets de programmation après le dîner. Je laissai Owen tranquille. S'il ne voulait rien d'autre qu'un matelot de pont, je n'allais pas forcer les choses.

Mon téléphone s'éclairait de notifications chaque fois que je l'allumais, mais je les ignorai toutes ce soir. Les messages de Neera étaient les seuls qui m'intéressaient. Ça, et aussi le fait que j'avais besoin de me distraire.

Neera : Les gens se mettent à se poser des questions sur vos congés. Je n'ai rien à leur dire.
Cole : Ils se demandent s'ils sont permanents ?
Neera : Certains oui, mais pas tous. Quelques questions pour savoir si vous travaillez pour le gouvernement. D'autres pour savoir si vous travaillez contre ce dernier. Et on m'a aussi demandé si vous étiez en train d'écrire un livre, de lancer une nouvelle entreprise, si vous étiez en désintox ou en train de vous préparer pour les prochaines élections. Des conneries pour la plupart. Pas difficile à leur faire fermer leur clapet.
Cole : Bien.

Neera : Ce serait plus facile si j'avais la vraie version et n'avais pas l'air aussi ignorante que les autres. Vous savez que les blogueurs et les journalistes viennent me voir moi avant de se tourner vers les chargés de communication.
Cole : Tu sais ce qu'on dit sur les secrets.
Neera : Trois personnes peuvent garder un secret si deux d'entre elles sont mortes.
Cole : Tout à fait.

Mais ensuite, peu après avoir ouvert mon ordinateur et m'être plongé dans le codage, Owen fit irruption dans la chambre, vêtu seulement d'un caleçon. Je cillai deux fois en abaissant mes lunettes sur mon nez parce que *putain de merde*, que cet homme était beau. C'était un ours. Un gros ours mal léché.

Il me fit signe vers lui avec un regard brûlant.

— Pourquoi n'es-tu pas au lit ?

Je passai la main sur la couette sous moi en ce que j'espérais être une réponse illustrative.

— Dans mon lit, précisa-t-il.

— *Ton* lit ? répétai-je. Tu veux dire...

— Lève tes fesses et va t'y coucher tout de suite, aboya-t-il. Qu'est-ce que tu fais ici même ?

Je désignai mon ordinateur. Voulait-il connaître les spécificités du programme que j'étais en train de développer ? Il semblerait que non. Owen faisait partie d'une espèce en voie de disparition qui vivait très bien sans se perdre sur Internet. Il préférait aller à la banque et parler au guichetier pour faire une transaction. Il se fiait aux cartes et aux marées plutôt qu'aux systèmes de navigation modernes, et étonnamment pointilleux. Il avait même un vieux téléphone à cadran accroché au mur de la cuisine. Avant mon arrivée, la maison n'avait pas accès à Internet. J'avais réglé ça, bien sûr, mais je n'allais pas le déranger avec ces détails.

— Je travaille, dis-je en espérant ne pas paraître trop évasif.

Un son gargouilla dans sa gorge, qui envoya des ondes de choc dans mon corps.

— Je veux dire... commença-t-il en se frottant la nuque. Pourquoi travailles-tu *ici* ? Pourquoi n'es-tu pas à côté ?

Mes yeux fixèrent l'écran un moment, espérant trouver les mots entre les lignes de codage. Je pourrais sortir l'excuse d'avoir besoin de calme ou de mon équipement. Mais savoir qu'il voulait encore de moi, qu'il me voulait *tout court*, changeait les choses. Ça me donna un peu confiance en moi, ce dont je ne pensais pas manquer.

— Je ne savais pas que tu le voulais, avouai-je.

Owen inclina la tête en plissant des yeux.

— Ça n'était pas clair ce matin, quand j'avais ma queue dans ton cul ?

Gloups. Je pouvais encore sentir son poids sur moi, ses mains sur mes hanches, mes gémissements dans le matelas.

— Mais... mais... tu n'as rien dit. Tu n'as rien dit de toute la journée. Je ne savais pas du tout ce que tu voulais ou à quoi tu pensais, dis-je. Pour ce que j'en sais, ce n'était qu'un coup d'un soir pour toi.

— Plutôt quatre, plaisanta-t-il.

— Quoi ? questionnai-je en secouant la tête.

— Je veux dire... commença-t-il. Hier soir, c'était plus quatre coups d'un soir.

Je me passai la main dans les cheveux.

— Je ne savais pas que tu en voudrais plus.

— Et toi ? demanda-t-il en détournant le regard du mien.

— Oui, répondis-je. Si tu es d'accord.

— D'accord, acquiesça-t-il fermement. Bien.

— Oui, c'est bien tout ça, mais ça prêtait vraiment à confusion, dis-je en élevant la voix. Tu aurais pu me donner, je ne sais pas moi, un indice sur ce que tu pensais, pour m'empêcher de m'imaginer les pires scénarios.

— C'est ce dont tu as besoin ? demanda Owen. Que je dise les choses ?

Ses mots étaient lents et doux, comme s'il les avait enveloppés dans une couverture, rien que pour moi.

— Oui. J'ai besoin que tu me dises ce qui se passe, même si ce n'est rien. Je veux que tu sois honnête avec moi.

Je hochai la tête dans un effort de repousser le fait que je ne donnais à Owen aucune des choses que je lui réclamais. Il ne savait pas la vérité sur moi, et j'aurais dû la lui dire avant que ma queue se retrouve au fond de sa gorge.

— Ce n'est pas rien, grogna-t-il. Comment cela pourrait-il ne rien être ?

Je regardai à nouveau l'écran, le seul objet avec lequel je savais toujours quoi faire ou comment communiquer. Mais avant d'avoir eu le temps de formuler une réponse, Owen se cala à côté de moi dans le lit.

— Range ça, dit-il à mon oreille, la voix rauque.

J'obéis. Évidemment que j'obéis. Comment pourrais-je ne pas faire exactement ce qu'Owen exigeait, quand ses lèvres s'attardaient dans mon cou et sur mes épaules ?

Ses grandes mains se posèrent sur mon torse et remontèrent mon tee-shirt par-dessus ma tête. Il passa les doigts au centre de mes abdos et les descendit juste sous l'élastique de mon caleçon, pas davantage. Il se contenta de caresser le fin sillon de poils et de me réveiller.

— Je n'ai pas pris soin de toi, petit prince ? demanda Owen.

On ne m'avait jamais donné un surnom auparavant, et je

n'aurais jamais imaginé aimer ça. Mais c'était le cas. J'aimais beaucoup ça.

Il recouvrit mon torse de baisers langoureux, et je me sentis me dérouler comme une bobine de fil très serrée. Ma tête atterrit sur le coussin, mes jambes s'écartèrent, et tout le poids que j'avais dans la poitrine se transforma en désir.

— Ah, non, tu… tu es incroyable, dis-je en fermant les yeux quand sa langue trouva mon téton. Mais c'est compliqué pour moi. Il y a certaines choses dont on devrait parler.

Je ne voulais taire la vérité plus longtemps. Il méritait de savoir que je n'étais pas juste moi, mais moi et un empire mondial, une fortune époustouflante et toute une blogosphère dédiée à chaque mouvement de mes sourcils.

Owen secoua la tête contre mon ventre.

— Tu réfléchis trop, dit-il en m'embrassant le torse. Mais tu as sûrement raison. Je commence, et je ne t'aguicherai pas pendant que je le fais.

Il s'assit et posa les mains sur ses genoux.

— Mais j'aimais que tu m'aguiches, me plaignis-je. S'il te plaît, aguiche-moi.

— Après, promit-il. J'ai fait un examen médical en juin, et une prise de sang. Je n'ai été avec personne depuis, mais je comprendrais si tu veux qu'on utilise quand même des protections.

— Oh oui, dis-je en me rappelant que les gens normaux avaient ce genre de conversation quand ils couchaient ensemble. Je vais bien moi aussi, niveau santé.

— Et tu préfères être en dessous ? Ou ai-je mal compris ?

— Non, tu as raison, répondis-je en avalant un soupir lubrique.

Je ne savais pas comment changer de sujet.

— Tu as déjà été au-dessus ?

Je haussai une épaule.

— Oui. Il y a longtemps. À la fac. Pas depuis.

— Tu le referais ? demanda Owen. Si je te le demandais ?

Je l'observai sillonner la ligne de poils qui allait de mon torse à sous mon nombril.

— Tu aimerais ? Avec moi ?

— C'est la deuxième fois ce soir que tu remets en question mon intérêt pour toi, dit-il en s'attardant sur ma peau. Je ne sais pas si tu ne te vois pas avec un gars comme moi, ou si tu ne te rends pas compte à quel point tu es une putain de belle prise.

Je passai le doigt sur le pli de son front.

— Qu'est-ce que ça veut dire ? Un gars comme toi ?

— Tu vois ce que je veux dire.

Owen leva les yeux de l'endroit qu'il avait revendiqué sien sur mes abdos et croisa mon regard avec un sourcil levé. Nos vies n'étaient pas les mêmes, je le savais. Mais s'il voulait en venir aux différences entre nous – qu'elles soient économiques, sociales ou géographiques –, il allait devoir employer ces mots-là et me les dire. Je n'allais accepter aucune supposition à ce sujet, surtout quand je considérais que ces différences étaient extrêmement raisonnables. Nous avions réussi jusque-là à nous faire à l'univers de l'autre. Pourquoi cela changerait-il ?

Quand je secouai la tête, il lâcha un soupir impatient.

— Merde, McClish. Un gars qui veut se faire baiser par toi. OK ?

Il passa les lèvres le long de l'élastique de mon caleçon.

— Je suis juste un gars qui veut ta queue. Tu peux vivre avec ? Tu peux trouver en toi la force de me pencher et de m'empaler un de ces quatre ?

— Oh oui, je peux vivre avec ça, répliquai-je en grognant. Laisse-moi juste savoir quand tu veux que je t'empale.

Un sourire étira un coin de sa bouche.

— Je te le ferai savoir, promit Owen.

Il descendit entre mes jambes, et pressa son visage contre mon entrejambe. Il se lova contre mon sexe, son menton et ses lèvres me caressant à travers le caleçon. Le frottement était incroyable. Quand ses mains glissèrent de ma cuisse pour frôler ma raie, je faillis tomber du lit.

C'était trop pour moi. J'avais une érection, la peau serrée et chaude, et je louchais presque de désir, mais je ne voulais pas le décevoir. Ce n'était pas juste, et Owen méritait de savoir qui il se faisait.

— J'ai envie de toi tout de suite, murmurai-je, mais on devrait parler avant.

— On a assez parlé, dit-il en s'agrippant à mon short. J'ai eu envie de toi dès l'instant où tu as essayé de me dégager de ton bateau. Et si tu ne l'as pas su là, alors tu l'as su quand tu t'es mis à essorer ton tee-shirt devant moi tous les après-midis. Fin de la discussion.

Il se déplaça pour retirer son caleçon, et le mouvement fit claquer son épaisse queue contre mon ventre. Je me penchai, avide d'elle, de *lui*, et lui montrai le chemin en la saisissant fermement.

— Il fait chaud ici, chuchotai-je en déposant un baiser au coin de la bouche d'Owen.

Il me jeta son regard « *tu crois que je ne le sais pas* ».

— C'est *toi* qui es chaud.

Il passa ses doigts entre mes jambes, le long de ma raie. Pour le restant de mes jours, plus rien n'exista à mes yeux que la sensation de lui à cet endroit, plus doux qu'aucun homme de sa taille n'avait le droit d'être. Et ce n'était pas que son toucher. C'était lui dans sa globalité.

— Il faut... gémis-je quand les doigts d'Owen se pressèrent contre mes globes quand il me prit dans sa bouche.

Oh putain, oui. Mes yeux se fermèrent, et des étoiles et des arcs-en-ciel dansèrent derrière mes paupières.

— Il faut qu'on aille chercher le lubrifiant dans ta chambre. Tu es trop gros pour moi sans.

Il leva les yeux, confus. Ce qui, malheureusement, sépara sa bouche de mon érection.

— Tu n'en as pas ? demanda Owen.

Je secouai la tête alors qu'un gémissement aigu crépitait dans ma gorge. Mes hanches se ruèrent vers le haut, cherchant à avoir son attention. J'étais sans gêne devant lui.

— Il faut qu'on bosse ta façon de préparer tes affaires, déclara-t-il.

Je détournai les yeux, pas sûr de comment lui répondre.

— Je ne m'attendais pas à m'envoyer en l'air cet été, avouai-je. Ce n'était même pas dans ma petite liste de priorités.

Owen posa les mains sur ses cuisses avec un hochement résolu.

— Eh bien, tu vas t'envoyer en l'air ce soir. Demain soir, aussi. Puis la semaine prochaine, et la semaine suivante. Si tu es partant, bien sûr. Si le Maine est sur ta petite liste de priorités.

J'avais besoin de ça, aussi longtemps que je pouvais en avoir le droit. J'abandonnerais tout si ça signifiait plus de temps avec Owen. Je m'agenouillai et le pris dans mes bras.

— C'est ma seule priorité.

Le regard d'Owen s'assombrit en regardant ma bouche. Sa paume claqua contre mon cul, et alors que je glapissais de surprise, il dit :

— Va te coucher dans *notre* lit.

Je n'avais jamais couru après un homme auparavant, mais quand Owen traversa le couloir, son érection claquant fortement et fièrement contre son ventre, je n'avais pas honte de dire que je le suivis sans réfléchir.

— Mets-toi à l'aise, ordonna Owen en pointant du doigt le lit.

Il fouilla un tiroir d'une commode, dos à moi. Je tirai la couette et me glissai sous les draps, pourtant je ne pouvais détacher mes yeux de son corps. Ses épaules étaient semblables à une chaîne de montagnes.

— Qu'est-ce que tu fais ? couinai-je.

Je perdais la tête à le regarder comme ça, les muscles de son cul se contractant dès qu'il bougeait les pieds. C'était comme regarder deux chiots se battre sous une couette. J'écartai les jambes et pris mon érection en main. J'avais besoin de me soulager.

— Je cherche le bon lubrifiant, répondit-il. Je me suis dit que tu en valais la peine.

Je repoussai les draps du pied. Trop chaud, trop.

— Un peu que j'en vaux la peine.

— C'est le bordel dans ce tiroir, grommela Owen. Comment ai-je pu laisser une telle chose arriver ?

— Comment peux-tu être en train de parler de tiroirs mal rangés maintenant, me plaignis-je. Je suis *nu*.

Owen se déplaça, les yeux étincelants quand il me vit au milieu du lit, sexe en main.

— Ça oui, tu l'es, murmura-t-il. Et quelle vue, mon petit prince !

Je cillai, puis remarquai quelque chose. Dans une main, Owen tenait trois godemichés. Dans l'autre, deux plugs anaux de tailles différentes.

— Umm. Qu'est-ce qu'on va faire avec tout ça ? demandai-je.

Il posa les yeux sur ses mains, ses yeux s'écarquillant en évaluant les sex-toys.

— Rien, répliqua-t-il avec un rire.

Il les rangea dans le tiroir et ferma celui-ci en le claquant.

— On jouera avec une autre fois.

Je déglutis.

— Une autre fois ?

— Si tu veux.

Owen ouvrit le premier tiroir de sa table de nuit.

— Le voilà, dit-il pour lui-même.

Il jeta une bouteille de lubrifiant sur le lit et se mit à côté de moi.

— Je dois vraiment ranger ces trucs.

— Tu as beaucoup de joujoux, dis-je en passant les doigts sur son torse. *Beaucoup* de joujoux.

— Ça t'intéresse ?

Il sourit quand je fis oui de la tête.

— Bien. Maintenant, retire tes sales pattes de cette queue. C'est la mienne.

Owen se nicha entre mes jambes et poussa mes cuisses. Je l'observai verser du lubrifiant dans sa paume, sur ses doigts et entre mes fesses. Le liquide froid entre mes jambes me fit frissonner. Je criai et contractai au moment où ses doigts s'insérèrent en moi, froids et épais.

— Détends-toi, bébé, murmura-t-il. Tu en as envie, pas vrai ?

Eh oui, j'en avais envie. J'en avais vraiment envie, et je respirai profondément pendant qu'Owen m'étirait. Son toucher était ferme, mais prudent, et il me demandait toujours ce dont j'avais besoin. Il avait la moitié de son bras dans mon cul, mais il restait respectueux.

Putain. Cet homme. Quelle chance j'avais eue de me perdre dans sa crique... puis dans son lit.

J'étais amoureux de ses doigts. J'éprouvais juste un amour fou et dégoûtant pour ses doigts. Je pourrais vivre le restant de mes jours avec rien d'autre que le tourment sexuel que cet homme m'avait causé. Je serais satisfait.

Correction : j'*étais* satisfait. Je n'avais rien besoin de plus.

— Si tu coules partout, commença Owen en faisant glisser son menton le long de mon érection palpitante, je vais devoir te lécher pour te nettoyer.

— Tu le devrais, rétorquai-je. C'est ta faute.

— Et je serai heureux d'en prendre la responsabilité, dit Owen en riant.

Il fit tourner sa langue sur un point sensible sur mon ventre, puis prit mon membre dans sa bouche. Il le suça et le caressa sur un rythme lent et régulier, qui me fit gémir avec une voix de crécelle.

— J'ai envie de te baiser, chuchota-t-il contre ma cuisse.

Je hochai la tête en retour. J'en avais envie aussi, mais nous n'avions pas besoin de nous dépêcher. Mon membre ne pouvait être plus dur. C'était impossible. Et j'avais tort ; nous n'avions pas *besoin* de nous dépêcher étant donné l'orgasme qui serpentait le long de ma colonne vertébrale. Ses dents pincèrent l'intérieur de ma cuisse. J'étais presque en train de flotter quand il mordit alors que ces doigts tournaient autour de ma prostate.

— Oh, putain, oui merci, criai-je.

Owen rit en s'emparant du lubrifiant qu'il avait laissé près de mon épaule. Il écarta mes cuisses tandis que ses doigts glissants retrouvaient ma prostate. Un cri désespéré et avide se coinça dans ma gorge.

— Viens en moi, grognai-je. Viens. Ne me fais pas attendre davantage.

J'observais la poitrine d'Owen se lever et s'abaisser quand son érection remplaça ses doigts. Lorsqu'il réussit à me pénétrer, mon regard parcourut son corps jusqu'à son magnifique visage, aux traits adoucis par le bonheur. Il se pencha en avant, m'enveloppant aussi chaudement qu'une couverture. Il posa ses coudes de chaque côté de ma tête. Mes mains trouvèrent ses épaules et mes chevilles ses fesses alors qu'il s'enfonçait en moi. Il avait les joues rouges et le regard obscurci par la chaleur.

— C'est bon ? demanda-t-il en posant ses hanches contre moi. Ça va ?

Je hochai la tête, sans avoir les mots. J'étais seulement capable de me laisser faire, de le laisser faire, en désirant qu'il me prenne entièrement par la même occasion. Owen se retira de moi, doucement et atrocement. Nos regards se croisèrent puis se baissèrent, observant sa verge qui disparut à nouveau en moi.

— Ah, *putain*, siffla-t-il.

Il me prenait doucement à présent, en roulant des hanches et en donnant de longs et grands coups de reins. J'étais sur le point de perdre la tête. Je tendis la main pour caresser ma queue en trépidant tout à coup à l'idée de jouir.

— Non non, dit Owen en prenant mes mains pour les poser sur sa taille avant de s'emparer de mon sexe. C'est pour moi.

— Mais j'ai besoin...

— Je sais, dit-il en me coupant avec un baiser. Je sais, petit prince. Mais c'est pour moi.

Sa poigne était impitoyable, mais son regard. *Putain*, ce regard. Il eut raison de moi. C'était comme s'il regardait à l'intérieur de moi, comme s'il me connaissait et qu'il me suppliait de le connaître en retour.

— Prends, murmurai-je. Prends tout de moi.

Son pouce passa sur mon gland en me caressant. Pendant une minute, je me mis à loucher.

Je n'avais jamais connu du sexe comme ça auparavant. C'était incroyablement bon, mais ce n'était pas que ça. C'était un tout. L'émotion derrière chaque va-et-vient, l'intention dans chaque baiser, la promesse dans chaque respiration partagée. Ce genre de sexe était une affirmation, et une partie de moi en croissance constante savait que j'aurais beau chercher sur Terre, je ne trouverais rien de comparable. De comparable à *lui*.

— Ne dis pas des choses comme ça, à moins que tu ne les penses, répliqua-t-il. Parce que sinon, crois-moi que je vais tout prendre.

Il le fit. Il me fit décoller en quelques minutes, une giclée chaude après l'autre.

— À ton tour, dis-je d'une voix éraillée, les yeux fixés sur ses abdos alors qu'ils ondulaient à chaque magnifique déhanché. Tu m'as donné tout ce que je souhaitais, Owen. Maintenant, je veux que tu prennes ce qu'il te faut.

Il haussa les sourcils, un sourire retroussant un côté de sa bouche. Il jouit et éjacula avec la même force qu'il m'avait fait jouir. Ce fut un méli-mélo de mouvements et de gémissements gutturaux. Il souffla une longue et sale série de jurons quand son orgasme se déclencha. Il éjacula en moi, encore et encore.

— Regarde-toi, murmura-t-il tandis que les derniers spasmes s'envolaient de lui. Non, mais regarde-toi.

Owen fit tournoyer deux doigts sur mon ventre sali. J'avais chaud de partout, rempli d'un nouveau bonheur chaleureux qui avait l'air trop beau pour être le mien.

— Viens là, chuchotai-je en l'attirant à côté de moi. Reste là.

— Je n'ai aucune envie d'être ailleurs, répondit-il à voix basse, ses lèvres dans mon cou et sur mon épaule.

J'avais une belle et grande vie. J'avais voyagé et rencontré des célébrités, des chefs d'État, et plus de milliardaires que je ne pouvais compter. Même s'il y avait des moments où j'avais envie de tout envoyer valser, j'aimais ma vie. Cependant, rien de cette vie n'était comparable à la tête d'Owen sur mon épaule, ou à sa peau nue réchauffant la mienne.

CHAPITRE 15
OWEN

Notre première semaine de sexe fut un raz-de-marée de nouveauté, d'urgence et de violence, mais nous étions à présent passés à l'étape des petits plaisirs paresseux. Il n'y eut aucun moment bizarre ou de précipitation. Nous éprouvions désormais quelque chose l'un pour l'autre, et nous savions que ça n'allait pas s'arrêter à l'aube. Ça faisait toute la différence.

Aussi, nos désirs s'atténuèrent après plusieurs nuits à faire l'amour comme des bêtes combinées aux contacts physiques illimités dans la journée. Je pouvais me blottir contre Cole à attendre que nos respirations s'apaisent et que nos corps refroidissent, sans me perdre dans un autre tourbillon entêtant de luxure. Cette retenue avait également du bon. L'orgasme le rendait bavard, mais pas comme d'habitude. Il avouait ses désirs, me partageait ses secrets, me racontait des histoires qui, j'en étais sûr, n'avaient jamais vu le jour.

C'était une autre facette de Cole que j'avais la chance de revendiquer comme la mienne. Je savourais ces moments paisibles dans la pénombre, quand nous pouvions ôter tous les artifices et être la version la plus brute de nous-mêmes.

Malgré ces magnifiques discussions honnêtes et à cœur ouvert, il manquait quelques détails cruciaux. La raison de son congé d'été prolongé n'était jamais abordée. Nous ne parlions pas des détails de sa vie en Californie. Il parlait rarement de son travail, et quand il le faisait, c'était pour évacuer sa haine pour la culture d'entreprise.

Je sais que je ne le devrais pas, mais je préférais qu'il en soit ainsi.

J'adorais le fantasme de Cole. Cette version de lui sans conditions ni complications. Cette version n'avait pas une vie et une entreprise à l'autre bout du pays qui l'attendaient. Cette version n'allait pas ramasser tous ses polos pastel et hisser la grand-voile.

Si je pouvais m'en tenir à ce fantasme, je n'aurais pas à supporter la réalité que j'avais craqué pour un homme qui ne serait jamais à moi. Pas vraiment. Je n'avais pas besoin de connaître les mécanismes internes de son monde pour savoir qu'il ne m'appartenait pas. Il pouvait profiter de Talbott's Cove tout l'été, mais ça ne voulait pas dire qu'il avait l'intention de déménager définitivement ici. C'était juste un autre de mes rêves. J'allais trop vite en besogne, je planifiais notre avenir ensemble alors que je ne savais pas s'il ressentait une fraction de mes sentiments.

Je savais que j'allais passer du bon temps cet été. C'était comme ça que ça se passait pour moi. Je devenais fleur bleue et éperdument amoureux, et ils retournaient à leur vie citadine. Les amours d'été ne menaient qu'à des chagrins d'automne. C'était la raison pour laquelle j'avais besoin de ce fantasme.

Je repoussai cette pensée en cillant et regardai le plafond. C'était une autre nuit chaude et humide, et le ventilateur de plafond ne faisait que déplacer l'air oppressant. Aux dires de tous, il faisait trop chaud pour faire l'amour, faire des câlins, quoi que ce soit de plus énergique que s'allonger sur le lit et respirer. Mais rien de tout ceci ne m'atteignit. C'était comme si mon corps se souciait seulement de la sensation des doigts de Cole sur ma hanche. Il avait la tête sur mon torse, le bras autour de ma taille et les jambes emmêlées avec les miennes. Le dessus de lit était entassé sur le sol et les draps étaient accrochés à un coin du matelas.

Là, juste ici, c'était mon paradis.

— Tu as déjà été avec une femme ? demanda-t-il.

Je secouai la tête.

— Non. J'ai failli un jour, admis-je. Après ça, c'était assez évident que je n'étais pas intéressé par le monde des hétéros. Et toi ?

Je retirai les cheveux humides de son front.

— Non... pas vraiment, dit-il.

— Vas-y, raconte-moi, demandai-je en riant.

Cole leva sa main de mon ventre pour tapoter mon torse.

— J'étais un peu salope à la fac.

— Salope ou expérimentateur ?

Il agita la tête une seconde et y réfléchis en grommelant.

— Salope, répliqua-t-il avec un rire. Mais aussi, expérimentateur. Une salope d'expérimentateur, j'imagine.

— C'était cool ? demandai-je.

Cole hésita.

— Oui, la plupart du temps. Partir à la fac a été un gros changement pour moi. Je ne savais pas qui j'étais alors, ou comment être à l'aise avec moi-même. Je savais que j'étais gay, mais je ne savais pas comment ma sexualité pouvait aller de pair avec mon identité. Je ne savais pas ce qu'impliquait d'adopter le sentiment que je ressentais depuis des années, puis de le vivre avec quelqu'un. Je ne savais pas comment m'accepter et me tolérer en tant qu'homme gay. Il y avait des jours où je luttais contre. Je veux dire, je ne me promenais pas avec une épingle de la Gay Pride sur la veste.

— Tu ne le fais toujours pas, dis-je.

— Toi non plus, rétorquai-je.

Je fixai Cole, disposé à ce qu'il croise mon regard, mais il ne le fit pas.

— Très bien, répliquai-je. Quand l'expérimentation entre-t-elle en scène ?

— La fac, c'était comme un buffet de sexe à volonté. La plupart du temps, c'était avec des hommes, mais il y a eu une fois avec une femme. En quelque sorte. Pas complètement.

Je ne voulais pas entendre cela. Je ne voulais pas, mais j'écoutai. Imaginer Cole avec d'autres hommes – un buffet d'hommes, rien que ça – me tordit les entrailles. Cole avec des femmes était une différente forme de douleur. Je pouvais sortir mon épingle du jeu s'il fallait affronter d'autres gays pour gagner son affection. Cependant, j'étais impuissant face aux femmes.

— D'accord. Cette femme. C'est quoi son histoire ? Elle savait que tu étais gay ?

— Non. J'essayais encore de trouver comment le dire, le croire, l'admettre à l'époque. J'ai commis quelques erreurs en chemin.

Il hésita à continuer.

— Nous étions amis même s'il était clair qu'elle voulait plus. Elle me draguait tout le temps et trouvait toujours une raison pour me toucher...

— Super... grommelai-je.

Ma jalousie n'avait pas de raison d'être.

— Elle avait toutes les qualités : sympa, drôle, intelligente. Mais je ne craquais pas pour elle, poursuivit-il en m'ignorant. Pas du tout. De façon objective, je savais qu'elle était belle et sexy, mais je ne craquais toujours pas pour elle. Elle a commencé à voir un garçon. Je me suis dit que c'était lui qui avait toute son attention à présent, mais ce n'était pas tout à fait ça. En fait, elle voulait qu'on passe du temps ensemble, tous les trois.

— Parce qu'ils voulaient tous les deux te baiser, dis-je, pas le moins surpris du monde par l'éclair lumineux de possessivité qui me foudroya. Pas vrai ? Ce n'est pas ce qui s'est passé ?

Cole continua à tapoter les doigts sur mon sternum, étudiant ma peau sans répondre.

Il finit par lâcher un soupir et dit :

— Je ne l'ai pas reconnu au début, mais oui. C'est ce qui s'est passé. En gros.

Il s'amusa avec les poils de mon torse.

— On l'a fait qu'une seule fois. Je n'ai rien fait avec elle. Pas vraiment. Lui, en revanche, il avait envie de jouer. Il était assez enthousiaste que je m'occupe de sa prostate. Elle était d'accord avec ça, mais je suis certain qu'elle s'imaginait être la star de la soirée, plutôt que passer en second. En y réfléchissant, je crois qu'elle voulait commencer une relation libre.

Il superposa ses mains sur mon cœur, posa son menton là et me regarda.

— Cela a été ma première et dernière fois avec une femme. Si on appelle ça *coucher* avec une femme. Elle a tout fait pour m'éviter après quant au mec, il me faisait signe dès qu'il était seul et bourré.

— Je la déteste, dis-je. Et lui, je ne l'aime pas non plus.

Cole s'éloigna de moi en éclatant de rire.

— Tu ne devrais pas, dit-il entre deux rires. C'était il y a plusieurs années. Cela fait longtemps que je n'ai pas pensé à elle.

— Oui, eh bien, je ne l'aime toujours pas beaucoup.

Je l'attrapai par les fesses.

— Reviens là, commandai-je en le pinçant jusqu'à ce qu'il crie.

— Ça va laisser une marque, se plaignit-il en regardant par-dessus son épaule. Rappelle-moi de ne jamais réveiller ton côté jaloux.

— J'apprendrai à gérer, promis-je. Désolé. Je ne m'attendais pas à ce que tu me parles d'un plan à trois et d'un cul vierge que tu as doigté.

— Raconte-moi la fois où tu t'es rapproché d'une femme, et je te pardonne, dit Cole en retournant à sa place. C'était Annette ?

Je posai fortement ma main sur mes yeux.

— Mon Dieu. Non, grognai-je. Ce n'était pas Annette.

Je secouai la tête et me permis de grogner une nouvelle fois.

— J'ai emmené l'une des meilleures amies d'Annette, Jenna, au bal de promo. Je me suis vaillamment efforcé de m'engager dans les traditions post-bal. Ça a été un désastre.

— Je ne suis même pas allé au bal, déclara Cole. Tant pis pour l'after.

— Tu n'as rien raté, assurai-je. Je ne voulais pas y aller. Ma mère m'y a forcé. Elle a choisi, le smoking, le petit bouquet, la fille...

— Attends une minute, m'interrompit-il en levant la main. Qu'est-ce que tu viens de dire ? Sur ta mère, la fille et le choix ?

Je retirai un coussin de sous ma tête et le pressai contre mon visage.

— Ma mère m'a tendu un piège, dis-je en espérant que le coussin m'étouffe rapidement.

Ce ne fut pas le cas. Il me le prit des mains et le jeta à travers la pièce.

— Pourquoi ? demanda-t-il.

— Laisse-moi te poser une question, dis-je en m'appuyant

contre la tête de lit. Quand tu as fait ton coming-out auprès de ta famille, comme ça s'est passé ? Comment ont-ils réagi ?

— On va vraiment parler de ça ? demanda-t-il. On va partager nos histoires de coming-out maintenant ?

— Réponds à la question, Cole.

Il se déplaça pour se mettre à côté de moi, regardant les draps en cillant tout en réfléchissant à ma question.

— Je ne l'ai pas fait, pas exactement, admit-il. Mon père et moi étions coincés dans les embouteillages un après-midi. Il m'a demandé si j'avais des questions sur les rapports sexuels protégés, et si j'avais réfléchi à mon orientation sexuelle. C'est ce qu'il a dit. *Orientation sexuelle*. Au début, j'étais trop sous le choc pour dire quoi que ce soit. Personne ne s'était jamais montré aussi direct avec moi. Beaucoup de gosses se foutaient de ma gueule, et je ne manquais pas de harceleurs à l'école, mais personne ne s'est jamais arrêté pour questionner mon identité. Ils émettaient toujours des hypothèses. Quand je me suis remis du choc, je lui ai dit que j'y avais pensé et que j'étais attiré par les garçons. Il a hoché la tête, et m'a fait un cours sur les limites des capotes pendant vingt minutes.

Un sourire sinistre s'afficha sur mon visage tandis que j'agitais la tête.

— Et ta mère ? Tes sœurs ? Comment l'ont-elles pris ?

Cole haussa les épaules.

— Ma mère a acheté plusieurs bouquins sur les émeutes de Stonewall, l'arrivée du sida et des mémoires de gays. Elle a insisté pour qu'on les lise et qu'on en discute ensemble. On a regardé *Les Soldats de l'espérance*. Ça a l'air déprimant, mais ça ne l'était pas. Je veux dire, ce n'était pas trop déprimant.

Il croisa les mains sur ses genoux.

— Mes sœurs m'ont fait un gâteau en forme d'anus.

— Eh bien, ce n'est pas ce que j'ai vécu, dis-je avec un rire triste. Mon père l'a bien pris, mais ma mère était persuadée

que je traversais une phase. Elle disait que j'étais perdu, et que
je ne savais pas ce que je voulais parce que j'avais vécu dans
cette petite ville trop longtemps. Je n'aimais pas les filles d'ici
parce que j'avais grandi avec elles, et les voyais comme des
sœurs.

Il me prit la main.

— C'est horrible. Je suis désolé.

Je ne prêtai pas attention à ses paroles, mais j'entrelaçai
nos doigts ensemble.

— Honnêtement, je crois qu'elle voulait bien faire. Elle ne
voyait pas comment un gosse de quinze ans qui n'avait jamais
embrassé une fille, ou même un garçon pouvait connaître son
identité sexuelle. Elle pensait que c'était parce que je n'avais
jamais été exposé à ma sexualité, et qu'une fois que ce serait
fait, ma vision changerait. C'est pourquoi elle m'organisait
tout le temps des rendez-vous et disait aux filles que j'étais
simplement timide. Elle voulait bien faire, répétai-je. Elle ne
comprenait pas, c'est tout.

— Ça ne rend pas les choses plus faciles à digérer, dit Cole.
Les bonnes intentions n'effacent pas ou n'excusent pas les
actes nuisibles.

— Ce n'est pas grave. Je ne vis pas avec une épée de Damo-
clès au-dessus de la tête, dis-je. Annette me court peut-être
après, mais je ne suis pas profondément traumatisé ou quoi.

— Attends une seconde, dit Cole en levant un doigt. Tu as
déjà eu des rencards dans cette ville, non ?

J'éclatai de rire.

— Non. Jamais. Cette ville est bien trop petite pour que
j'aie des rencards avec des gens du coin. Putain, non.

— Et ça, mon chéri, c'est la raison pour laquelle Annette
pense que tu es hétéro, dit-il. Réfléchis. Ta mère a dit à tout le
monde que tu étais perdu. Tu n'as pas de rendez-vous dans le
coin. Et tu es un gentleman d'un certain âge. En sachant tout

cela, je ne suis pas surpris que ces rapaces de vagins tournent au-dessus de toi.

— Un gentleman d'un certain âge, répétai-je. Je ne sais pas trop comment le prendre que tu me traites de vieux, McClish.

— Tais-toi. Ça te va bien, dit-il en posant son regard sur mon torse. Il faut que tu arrêtes avec Annette. Je vois les choses de son point de vue à présent, et il faut vraiment que tu arrêtes.

Je grognai.

— Cela m'a l'air super.

Cole bougea pour me faire face.

— Est-ce qu'elle comprend maintenant ? Ta mère ?

Je tendis les mains comme si je pesais mes pensées.

— Oui et non, répondis-je. Elle était conseillère d'orientation au lycée du coin...

— Et elle appelait ça une phase. Je meurs un peu à l'intérieur là, murmura-t-il.

— À sa retraite, mes parents ont déménagé dans l'une de ces communautés d'adultes actifs près de Miami. Elle dit qu'elle a appris beaucoup de choses sur « les gays » qui vivent en Floride du sud. Il n'y a pas longtemps, elle m'a demandé si j'avais un nom de scène comme les drag queens, et si j'aimais les jeunes gays. Apparemment, son coiffeur serait parfait pour moi.

— Je meurs, chuchota-t-il.

— Elle veut bien faire, justifiai-je, autant pour rassurer Cole que moi-même. Même si elle aurait dû le prendre différemment quand je lui ai annoncé mon homosexualité, elle ne m'a pas jeté à la rue. Elle ne m'a pas envoyé dans un camp de conversion. Parler des drag queens n'est pas la meilleure entrée en matière, mais c'est sa façon de me tendre la main. S'il y a bien quelque chose que j'ai appris en vivant sur cette planète, c'est qu'il ne faut pas s'attendre à ce que les gens deviennent parfaits. Je ne peux pas les rejeter parce qu'ils ne savent pas comment bien aborder les discussions sur ma vie d'homosexuel. Je peux en vouloir plus et en réclamer plus, mais je ne vais pas les refouler quand ils essaient.

— Je ne m'attendais pas à autant de tolérance venant d'un grognon comme toi, dit-il.

J'enroulai mon bras autour de sa jambe et l'attirai plus près.

— De quoi parles-tu ? Je ne suis pas grognon.

Cole ricana en donnant un coup de coude dans mes côtes.

— Non, bien sûr que non. Tu es cru. Bourru. Lunatique. Ronchon.

— Là, tu es juste méchant, soufflai-je.

— À peine, plaisanta-t-il. Tu n'aimes pas les gens.

Je plantai ma main sur son torse et le poussai sur le matelas. Me mettant à genoux, je me mis à califourchon sur ses cuisses. Ma queue était épaisse et lourde, et elle palpitait alors que je me mettais sur lui.

— Je t'aime bien, toi.

Ses abdos se contractèrent lorsqu'il se mit à rire.

— Oh, quel soulagement ! s'exclama-t-il. Une dernière question.

— Ce n'est jamais la dernière, grommelai-je.

Il passa ses doigts sur mon bras en riant doucement.

— Peut-être pas, reconnut-il. Mais est-ce que tu *aimes* les jeunes gays ? Je veux savoir si je dois m'inquiéter pour ce coiffeur. Ou si je dois me mettre au régime.

Je lui souris en regardant ses muscles ondulés et sa peau dorée, et secouai la tête.

— Non, dis-je en posant la paume sur sa fine taille puis en la montant sur ses larges épaules. Je ne suis pas intéressé. J'aime que mon homme soit large, je vais te maintenir comme ça.

Neera : Est-ce que je peux prendre des nouvelles ? Par téléphone ou appel vidéo ?

Cole : De quoi aimerais-tu parler ?

Neera : Comme d'habitude. Objectifs, réussites, problèmes.

Cole : Non.

Neera : Pardon ?

Cole : Je ne vais pas faire ça. Je n'ai pas de planning donc je n'ai pas d'objectifs, de réussites ou de problèmes à signaler.

Neera : Je croyais que vous étiez en train de développer quelque chose.

Cole : Oui. Mais je ne m'en tiens pas aux délais.

Neera : Je vois.

Cole : Tu dis ça quand tu ne vois pas du tout et que tu veux juste me balancer quelque chose.

Neera : Ce n'était pas mon intention. Je m'en excuse.

Cole : Pas besoin de s'excuser.

Neera : Y a-t-il quelque chose que je peux faire pour vous soutenir ?

Cole : Pas vraiment. J'innove. N'est-ce pas mon nouveau travail ?

Neera : Vous n'êtes toujours pas contents. Toujours compréhensible.

Cole : Si c'est ce que tu penses, ça me va.

Neera : Qu'est-ce que vous pensez ?

Cole : Rien. Je continue simplement à vivre ma vie sans me tourmenter avec des titres et la hiérarchie. Il y a des choses plus importantes.

Neera : Comme ?

Cole : Maintenant que j'y pense, il y a quelque chose que tu peux faire.

Neera : Je vois que vous êtes toujours aussi doué pour détourner la conversation.

Cole : Je vais t'envoyer une liste d'ONG qui ont besoin de pub. Des associations pour la préservation des océans à but non lucratif. Mets le paquet, mais ne les relie pas à moi.

Neera : Je m'en occupe.

Owen leva une main vers le soleil couchant, saluant un bateau de homards qui passait. Le capitaine le salua en retour.

— C'est le bateau des O'Keefe, dit-il en pointant du menton le bateau vert et blanc. Ils vivent au nord de la ville.

Il passa sa main sur mon épaule, et je ployai sous son toucher. C'était différent à présent que nous n'avions plus à nous démener pour nous éviter et cacher pitoyablement notre désir. J'appréciais ses petites marques d'affection, et la liberté de le toucher quand je le voulais. J'étais en apesanteur et je n'avais jamais vécu ça auparavant. Cela me força à prendre conscience à quel point je m'étais fixé des limites en Californie.

Je ne sortais pas, je ne draguais pas, je n'avais pas de vie sexuelle. Il n'y avait ni de romance ni d'intimité. Je m'étais convaincu que c'était ce dont j'avais besoin. Mon existence était bien trop compliquée pour y ajouter des variables humaines. La peur d'être trahi m'avait endurci. Les livres qui détaillaient de façon sordide les mécanismes internes de mon entreprise, ainsi que ma vive manière de diriger, finissaient régulièrement dans les listes de best-sellers. Les blogs puta-clics s'affolaient dès que je dînais au restaurant, étalant des photos de moi à des soirées. Ils faisaient des commentaires ridicules sur les gens que je côtoyais et analysaient tout mon repas. S'ils avaient de la chance, ils obtenaient d'un serveur une citation qui disait comme j'avais été un salaud ce soir-là.

Il n'y avait pas de place dans mon monde, le monde de la Silicon Valley que j'avais quitté, pour une simple relation. Je ne pouvais déterminer si je pouvais changer ce monde, faire de la place. Si Owen était capable de supporter le poids de ce monde sur ses larges épaules.

Si je cédais aux pensées fantaisistes, je m'autoriserais à croire que c'était mon destin de trouver Owen et Talbott's Cove. C'était mon destin de perdre mon titre, de quitter clandestinement la Californie grâce aux conneries des agences de com et de faire presque échouer mon bateau sur la côte rocailleuse du Maine.

Si quelque chose dans tout ça était vrai, et non le simple fruit de contes de fées et de rêves, c'était également mon destin d'avouer à Owen la vérité sur moi et croire que ses sentiments n'en pâtiraient pas. Tout ce temps passé dans cette ville douillette du bord de mer, tout ce qui avait changé entre nous, et je n'avais toujours pas joué cartes sur table avec Owen. Pas les cartes qui importaient ; celles qui révélaient ma véritable identité.

Cependant, ce n'était pas faute d'essayer.

Il y avait toujours quelque chose. Un match important. Une réunion municipale. Une avancée sur l'un de mes projets.

Un débat sur rien. Un sourire malicieux qui se transformait en fellation derrière la passerelle du bateau. Bien sûr, j'aurais pu tout stopper et le forcer à écouter, mais je ne le fis pas. Plus les jours passaient, plus il était difficile de raconter la vérité après l'avoir laissée tapie dans l'ombre tout ce temps.

Quand j'étais à l'université, l'un de mes professeurs aimait dire :

— Plus tu retardes une tâche, plus c'est difficile de la commencer.

Je ne me souvenais pas de son cours, mais cet adage me collait à la peau. Je n'arrêtais pas d'y penser, et d'observer les conséquences générées par cette longue conversation qui n'avait que trop tardé.

— On est jeudi, murmurai-je. Annette reste ouverte tard pour toi.

Owen serra mon épaule, et je frottai ses doigts sur ma joue.

— Ne m'en parle pas.

— Allez, dis-je en riant. Tu es robuste. Tu peux gérer une gentille petite libraire qui cache incroyablement bien son jeu.

— Pas sûr de ça, dit-il dans un souffle. Qu'elle cache bien son jeu. C'est une chouette fille. Elle veut bien faire.

— Encore une avec de bonnes intentions.

Je sillonnai son dos et me glissai sous son tee-shirt usé.

— Je suis sûr qu'il y a un chouette type, un qui aime les chattes, qui la rendra très heureuse.

Owen ricana.

— Ajoute ça à ta liste de projets. Va sur les sites de rencontre et trouve l'homme parfait pour Annette. Je suis sûr que tu peux créer une feuille de calcul ou quelque chose. Grâce à la science.

Il se déplaça pour me regarder, une ride prévenante entre ses sourcils.

— Sur quoi travailles-tu ? Tu ne parles jamais de tes projets.

Je regardai vers l'océan en répondant.

— Rien que tu ne trouverais intéressant. Des interfaces et des applications, ce genre de choses.

C'était la vérité. En majorité. Ce n'était pas inexact. Il manquait juste quelques détails.

Il hocha la tête et porta son attention sur les commandes du bateau tandis que nous nous dirigions vers le marché aux poissons. Je gardai la main dans son dos, pile contre la forte cambrure qui disparaissait dans son caleçon. J'adorais passer mes doigts sur le carré de poils ici.

— Ça m'intéresse, dit-il doucement. Ce n'est pas parce que je ne vais pas beaucoup sur Internet que je me fiche de ton travail.

— Oh, prononçai-je, le son coincé dans ma gorge comme une arête. Oh, je sais. Je ne voulais pas insinuer...

— Tu ne l'as pas fait, m'interrompit-il.

Ses mots étaient empreints de bienveillance et de patience. Deux choses qu'Owen offrait rarement. Deux choses que je ne méritais pas.

— Je sais que je ressemblais à un ogre avec ma vie sans écran, et je suis sûr que tu as l'impression que je n'estime pas ton travail.

Il regarda les quais au loin en choisissant ses mots.

— Je ne voulais pas que tu ne te sentes pas le bienvenu. Je suis désolé.

Je n'arrivais pas à en croire mes oreilles. Si quelqu'un devait présentait des excuses, c'était moi.

— Tu n'étais pas un ogre, rétorquai-je.

— Tu peux le dire, dit-il avec un sinistre haussement d'épaules. J'étais un ogre. Ça arrive.

C'était le moment. Ce devait être le moment. La cerise sur le gâteau.

— En fait, on devrait parler de mon travail, commençai-je. Il y a certaines choses que tu devrais savoir.

Owen garda les yeux fixés sur les quais derrière le marché aux poissons alors qu'il manœuvrait au milieu d'autres bateaux de homards.

— Alors, si c'est ce que tu veux, dit-il. Finissons ça et puis tu pourras m'en faire toute une histoire.

Il me jeta un rapide coup d'œil.

— Ce sera accompagné de chant et de danse ? J'ai l'impression que tu sais comment bouger, McClish.

— Qu'est-ce qui te fait croire ça ? m'indignai-je faussement.

Owen rit.

— La façon dont tu bouges les hanches quand tu aimes ce qu'on te fait. La manière dont tu secoues ton cul quand tu veux capter mon attention.

Y avait-il quelque chose qui échappait à Owen ? Non, impossible.

— Secousse du cul à part, débutai-je en serrant son derrière. On va à la librairie après.

J'essayais de gagner du temps. Absolument.

— Tu pinces mon cul seulement parce que tu veux que je pilonne le tien, m'avertit-il.

Je ne répondis pas, jusqu'à ce qu'il se mette à me fixer un moment.

— Tu t'attends à ce que je nie ? demandai-je. Si c'est le cas, tu perds ton temps.

— Quelle répartie ! Où as-tu dit que tu étais allé à l'école ?

— Je ne l'ai pas dit. C'est le premier acte de ma performance. Tu vas devoir attendre pour le découvrir, mais pas avant que nous ayons rendu visite à notre chère amie Annette.

— Puis après ça, dit-il en amarrant le bateau sur un emplacement libre. Ce n'est pas commé si tu partais quelque part, pas vrai ?

— C'est vrai, murmurai-je.

— Jette ces bouées ici, tu veux ? demanda Owen en pointant le quai. Vas-y et secoue-moi un peu ce cul en le faisant.

———

— Qu'est-ce qu'Annette a pour toi ? demandai-je en marchant dans le minuscule centre-ville de Talbott's Cove. Hormis ce coup de foudre et le nom des cinq enfants qu'elle veut avoir avec toi.

— Tu n'es pas drôle, marmonna Owen en secouant la tête pendant qu'il grognait comme un ours en colère.

— Tu es mignon quand tu es irritable. Quelle chance pour moi que tu sois tout le temps irritable !

Je contemplai les jardinières entretenues avec amour sur le trottoir, devant chaque devanture de magasin. Cette ville, avec son bar, son supermarché, son auberge et la petite rangée de magasins qui parsemaient les rues près du port, était la définition du charme désuet. Elle sortait d'un magazine, ou de l'un de ces calendriers gratuits que les agents immobiliers aimaient envoyer à leurs clients, avec des scènes idylliques de lieux lointains. D'endroits qui ne semblaient pas réels.

— Un truc sur les batailles pendant la Révolution américaine, dit Owen.

Il mit les mains dans ses poches et haussa les épaules en parlant.

— Les histoires jamais racontées.

— Tu aimes l'Histoire, résumai-je en attendant une affirmation d'Owen que je ne reçus pas. Et la littérature.

— On a vraiment besoin de faire un interrogatoire maintenant, McClish ?

Ah, ma bête. La voilà.

— J'ai fait deux observations, Bartlett. C'est à peine un interrogatoire. C'en serait un si je te demandais ta préférence entre Whitman et Keats, ou entre Melville et Joyce. Un interrogatoire, ce serait moi te demandant d'expliquer pourquoi tu aurais envie d'étudier les batailles de la Révolution américaine alors que tu les as probablement vues au lycée, mais tu n'as sûrement pas étudié la Révolution brabançonne de 1 789. Un véritable interrogatoire te forcerait à attribuer le succès de la Révolution américaine à un seul individu influent. Pas George Washington ; et comparer cette personne à...

— Ça suffit, rugit Owen en s'arrêtant.

Il leva les mains, enleva rapidement sa casquette et passa la main dans ses cheveux.

— Je ne suis pas d'humeur à supporter ton énorme QI maintenant.

Je continuai à marcher un peu avant de m'arrêter et de me tourner vers lui. Il avait les mains sur les hanches. J'apercevais presque les vagues de frustration émaner de son corps. Si je ne le connaissais pas, je le croirais sur le point de se transformer en Hulk et de détruire cette ville. Je commençais cependant à penser que je le connaissais, et je savais qu'il aimait quand j'insistais. Quand je le forçais à interagir avec moi malgré son désir de se réfugier dans ses pensées. Quand il avait besoin de penser à autre chose – comme sa peur de blesser les sentiments d'Annette – un instant.

— Et ma grosse queue alors ? demandai-je en lui faisant signe. Tu la supporterais ?

— J'en fais mon affaire.

Owen me rejoignit en deux grandes enjambées et me prit la main.

— Finissons-en. Tu auras droit à ton interrogatoire plus tard.

Je le suivis dans la petite boutique. Une clochette retentit au-dessus de nos têtes lorsque nous entrâmes. J'aperçus Annette en passant le seuil. Elle se trouvait derrière le comptoir, ses cheveux foncés tombaient sur ses épaules, ce qui donnait l'impression que sa robe blanche n'avait pas de bretelles. Elle avait très bien réussi à ressembler à un ange sexy.

Un client se tenait de l'autre côté du comptoir. Il hochait la tête à ses paroles, levait chaque livre de sa pile, les retournait, ouvrait la jaquette et tapotait la couverture. On aurait dit qu'elle lui racontait les secrets de tous les livres, offrant les détails spécifiques que seul un libraire saurait.

Si je n'étais pas occupé à bouillir de jalousie contre son intérêt injustifié envers mon homme, je voudrais apprendre à la connaître. La dame était d'un grand enthousiasme, et j'aimais ça. Je respectais ça. J'avais aussi la nette impression qu'elle était au courant des secrets de tout le monde dans cette petite ville, et je respectais ça aussi.

— On n'a qu'à attendre, dit Owen en regardant Annette avant de se détourner. Je suis sûr que ça ne durera pas plus d'une minute.

— Elle parle avec les mains, dis-je dans un souffle. Cinq balles que ça durera plus d'une minute.

— La ferme, murmura-t-il.

L'endroit était nimbé de lumière et rempli de livres. Livres de poche et reliés étaient éparpillés partout. Un rapide coup d'œil aux couvertures me dit que je n'étais le sujet d'aucun de ces livres, et ce fut un soulagement. Des pots en terre cuite et des paniers peints de bon cœur indiquaient la section des nouvelles publications. Des signes peints à la main indiquaient les sections de sous-genre. Le Maine était bien représenté. Il y avait des livres d'histoire régionale, de recettes régionales, de fiction régionale, de non-fiction régionale, de photographies de la région et même de la romance régionale.

— Tu vois quelque chose qui t'intéresse ? demanda Owen en serrant ma main. Ah oui... c'est vrai. Tu ne lis pas de vrais livres.

— Ce genre de propos incendiaires n'est pas nécessaire, répliquai-je avec un sourire narquois. Étant donné que tu connais tous les meilleurs livres ici, choisis-moi quelque chose. Tu sais ce que j'aime.

En guise de réponse, il sourit sombrement, presque sauvagement.

— Oui, je le sais.

Il inclina la tête vers l'autre côté du magasin en me tirant.

— Voyons ce qu'on peut te trouver, petit prince.

Nous traversâmes la petite surface de vente pour nous rendre à la section policier et suspens, qui était indiquée par une banderole écrite en joyeuse écriture cursive. Owen se tenait derrière moi, une main sur mon torse tandis que l'autre parcourait les reliures. Son souffle était chaud dans mon cou et le frottement de sa barbe négligée envoya un frisson dans mes épaules.

— Ça s'annonce bien, dis-je. On fera un petit club de lecture. On peut avoir du vin et du fromage avec nos conversations littéraires ?

Il prit un livre de l'étagère en m'ignorant.

— Ça pourrait le faire, dit-il, presque pour lui-même. De la cybercriminalité. Une intrigue internationale. Un peu de romance.

— C'est ce que j'aime ? demandai-je en me cambrant pour presser mes fesses contre son entrejambe. Les trucs technologiques et les jeux d'espions ? On croirait entendre mon quotidien.

— Tu as oublié la partie sur l'histoire d'amour, répliqua-t-il, les mots plus durs que précédemment.

Je ris.

— Ça, cela ne fait pas partie de mon quotidien.

Le bras d'Owen s'enroula autour de mon torse, ses doigts glissant presque dans mon caleçon. Il pressa ses lèvres dans mon cou.

— Bien, dit-il. Tu devrais réserver ça pour tes vacances d'été.

Je faillis répondre, lui dire que j'avais réservé l'histoire d'amour pour *ces* vacances d'été, et qu'il avait le premier rôle.

Mais j'en perdis mes mots quand Annette appela :

— Ce sont mes pêcheurs préférés !

Avec un soupir, je posai la tête sur le torse d'Owen. Il passa les doigts sous l'élastique de mon caleçon, mais je posai la main sur la sienne pour le stopper.

— Tu crois aller où comme ça ?

— Je ne vais pas te violer en public, dit-il sèchement.

Annette fit le tour du comptoir, son sourire joyeux se transformant en grimace confuse à mesure qu'elle s'approchait.

— Tu l'as déjà fait.

Je posai la main sur sa nuque et le rapprochai.

— Embrasse-moi, ordonnai-je. Tout de suite.

Owen n'hésita pas. Ses lèvres trouvèrent les miennes pour m'embrasser d'abord gentiment, puis fougueusement. Cependant, aucun de nous n'oublia que nous étions dans une boutique, à quelques mètres de la femme qui craquait pour mon homme depuis une éternité. Avec un dernier baiser, et un grognement affamé, Owen se recula.

— Hé, Annette, dit Owen.

Son petit doigt était encore dans mon caleçon. D'une certaine et étrange façon, ce fut une victoire pour nous.

Annette tenait un livre contre sa poitrine et nous regardait en cillant. Plusieurs fois. Son regard suivit la façon dont Owen me tenait. Elle battit des cils de plus en plus lentement et de façon de plus en plus exagérée. C'était comme si elle essayait d'effacer cette vision face à elle en fermant les yeux et en espérant la faire disparaître.

Une petite partie de moi se sentait mal pour elle. Je n'avais pas besoin d'un grand nombre de chagrins d'amour pour savoir qu'elle faisait face à la fin d'une relation. Même si cette relation était à sens unique et inexistante.

— C'est bon de te voir, Owen, dit-elle en soupirant d'un air abattu. Vous aussi, Cole.

— Vous avez une super librairie, dis-je. Très belle sélection, agencement fantastique.

— Oui, j'essaie.

Elle détourna les yeux et toucha ses sourcils pour les brosser.

— Je peux vous aider à trouver quelque chose ?

— Je pense qu'on a tout.

Je dis ça au même moment où Owen parla :

— Cole souhaite des romans policiers. Tu peux nous en recommander ?

— Oh, dit Annette, surprise. Oh, bien sûr.

Elle fit un pas en avant, hésitant, puis un autre, puis elle se précipita dans le magasin.

— Regarde ce que tu as fait maintenant, chuchotai-je à Owen. Tu as activé son mode colibri.

— Moi ? demanda-t-il en tournant la tête vers Annette. C'est entièrement ta faute.

— Seulement pour t'arrêter de mener en bateau cette femme encore dix ans. On aurait pu payer ton livre et partir, mais tu as lancé un défi à la dame livresque et maintenant, elle essaie de prouver sa valeur.

Elle s'affaira autour de nous, prit des livres sous son bras en marchant d'un pas lourd.

— Laisse-moi choisir quelques livres pour ton nouveau petit ami, Owen. C'est ce que je fais, je rends tout le monde heureux. Bien sûr ! Des enquêtes. Génial ! Tout le monde est heureux et moi, je choisis des livres. Fabuleux !

— Donc, c'est vraiment en train d'arriver, murmurai-je.

— Oui, et je n'aime pas passer pour le salaud de l'histoire, me dit Owen.

— Des enquêtes mystérieuses. J'adore les mystères. Parfois, j'ai l'impression que ma vie est un mystère. Vous savez, du genre : *qu'est-ce qui se passe dans ma vie ?* Mystère. Parce que ça, c'est sûr que je l'ignore.

Elle posa avec fracas une pile de livres sur le comptoir.

— Je peux faire autre chose pour vous ?

— Non, il y en a assez, répliquai-je.

— Tu as reçu ma commande spéciale ? demanda Owen en même temps.

Depuis le comptoir, Annette sembla retomber comme un soufflé. Ses épaules tombèrent, sa mâchoire se desserra, sa grimace se flétrit en un froncement de sourcils.

— Oui, Owen, elle est arrivée, confirma-t-elle. J'ai besoin d'une minute, d'accord ?

Elle n'attendit pas de réponse. Elle lissa sa jupe, se retourna et se dirigea vers l'arrière-boutique.

— Ça aurait été plus simple de la laisser penser qu'elle avait une chance, dit Owen en me relâchant. Ça aurait été mieux comme ça.

Owen secoua la tête et se rendit vers la caisse, me laissant lui courir après.

— Non, ça n'aurait *pas* été mieux. Tu ne peux pas continuer ainsi. Ce n'est pas bien, ce n'est pas juste pour toi.

— Ça va et...

— Ce n'est pas juste pour moi, l'interrompis-je. Ce serait une chose si elle craquait simplement pour toi. Mais ce n'est pas que ça. Ce n'est pas comme avec cette fille au marché aux poissons de Bar Harbor, qui te reluque chaque fois qu'on s'y arrête. Bon sang, j'ai vu la moitié des femmes de la côte *te* déshabiller du regard. Ce n'est pas pareil. C'est temporaire. Là, c'est la laisser s'accrocher à ta queue et attendre que tu apprennes à aimer ça.

Owen me fixa d'un air impassible comme d'habitude. Puis, il admit :

— D'accord. Tu as raison. Mais tu devrais savoir que l'autre moitié des femmes de la côte te déshabille *toi* du regard.

Annette émergea de l'arrière-boutique, un livre à la main et du mascara pâteux sous les yeux.

— Et voilà, dit-elle en ajoutant le livre à la pile vertigineuse.

— Annette, commença Owen. À propos de tout ça. Je ne voulais pas te mettre mal à l'aise. Si je l'ai fait, je... je suis désolé.

Elle chassa ses excuses d'un geste des deux mains et secoua la tête.

— Pas besoin de s'excuser. Je n'ai pas réfléchi. J'ai été idiote, dit-elle avant de reprendre plus doucement. Je le savais, mais je continuais à espérer.

Ils se regardèrent, Owen avec les sourcils froncés signifiant *je ne veux pas te blesser* et Annette avec ses yeux de princesse Disney remplis de larmes. Une version différente de moi aurait lâché une remarque concise, afin d'apaiser les tensions et de banaliser le moment. Je ne pus m'y résoudre. Je me souciais d'Owen, suffisamment pour le confronter à la situation. À la place, je parcourus du regard ce qu'il y avait autour de moi et trouvai un étal de livres de photographies de la côte. J'attrapai trois exemplaires.

— Ma mère adorerait ça. Mes sœurs aussi, annonçai-je.

Annette détourna les yeux d'Owen seulement pour me jeter le regard noir le moins impressionnant de toute l'histoire contemporaine.

— Ma mère adore les bons livres de chevet, continuai-je, et c'était vrai. Elle aime farfouiller dans les livres soldés de son libraire. Pour une raison que j'ignore, elle déteste payer le prix affiché. Malheureusement, elle ne vit pas dans une région où le troc fait partie de la culture. Elle vit à Palm Springs. Il fait plus chaud qu'en Enfer, là-bas. Ça me fait penser que j'ai une anecdote amusante à ce sujet.

Ce fut au tour d'Owen de me jeter un regard noir. L'avantage ? Ils ne se regardaient plus en mode drame à la *Roméo et Juliette*, où Juliette apprenait que Roméo était gay.

— Ma mère joue au tennis avec un ancien prêtre catholique, dis-je en agitant le bras comme si j'avais une raquette. Ils jouent au tennis et boivent du vin avec du soda. Du rosé avec du hard seltzer bas de gamme. Je ne sais pas comment ils se sont rencontrés ou pourquoi il a quitté la soutane, mais ça me suffit pour dire qu'ils sont bons amis à présent.

— S'il te plaît, dis-moi qu'il y a une chute, dit Owen.

Je l'ignorai et poursuivis :

— Le prêtre ou plutôt, l'ancien prêtre connaissait une vieille histoire sur les missionnaires qui partaient vers l'ouest. L'Église envoyait un groupe de missionnaires après l'autre dans le désert, cependant ils ne réussissaient à convertir personne. Quand on leur a demandé pourquoi c'était si difficile, l'un des missionnaires a expliqué que les gens dans cette région n'avaient pas besoin de religion, car la moitié de l'année leur donnait tout ce qu'ils devaient savoir sur le Paradis, et l'autre moitié tout ce qu'ils devaient savoir sur l'Enfer.

— Super, dit Annette, toujours pas impressionnée.

En riant, Owen enroula son bras autour de ma taille.

— Tu parles beaucoup trop.

— Je vais juste les scanner et après vous pourrez partir.

Elle leva les yeux, s'efforçant de sourire joyeusement, mais ce fut un échec.

— Vous payez ensemble ou séparément ?

Owen attira mon attention, il souriait malgré le désarroi grandissant d'Annette.

— Ensemble.

Il pencha la tête vers mon oreille en murmurant :

— En rentrant, je vais te torturer plusieurs heures.

J'étais bien trop heureux de rendre service.

— Tu devrais, répondis-je en gardant la voix basse. Torturer. Punir. Asservir. Tout ce que tu veux.

Le regard d'Owen se tourna vers Annette puis vers moi.

— Ne dis pas ça, chuchota-t-il. Tu ne sais pas à quoi je pense.

— Ça fera cent quarante-quatre dollars cinquante, déclara Annette en nous regardant tour à tour.

Je fis un grand sourire.

— J'ai une idée, dis-je à Owen en sortant mon portefeuille de ma poche arrière.

Je tendis à Annette ma carte de crédit sans quitter Owen des yeux.

— J'ai plusieurs idées, en fait. Toutes me vont.

CHAPITRE 17
OWEN

La lune était haute dans le ciel, une brise fraîche soufflait sur l'eau et un chœur de cigales chantait au loin. Mon corps était incroyablement rassasié et mon homme m'enlaçait, toujours ronronnant après les coups de reins que je lui avais donnés.

Cette vie, ça ne s'était pas arrangé.

Enivré par ce bonheur laiteux, je fixai les cheveux blonds et la peau bronzée de Cole. Je dus faire appel à toute ma volonté pour faire taire les déclarations d'amour et d'éternité que je mourais d'envie de lui dire. C'était bien trop tôt pour tout ça, et s'il ne partageait pas mes sentiments avec ferveur, je doutais de pouvoir me remettre du coup.

À la place, je creusai dans ma grande réserve de jalousie en demandant :

— Qu'est-ce qui a changé pour toi ?

— Quoi ? Quand ?

Ses mots étaient durs, sa voix rauque après avoir passé des heures à supplier et gémir.

Seigneur, que j'aimais ça ! J'aimais les suçons que je lui avais faits dans le cou, sur le torse et les cuisses. J'aimais la rougeur entre ses jambes à cause du frottement de ma barbe. J'aimais le gonflement rouge de ses lèvres. Il allait avoir mal partout demain, son corps utilisé en bien de délicieuses façons, et j'aimais ça aussi.

Autant j'appréciais ces preuves d'amour, autant j'aimais prendre soin de lui. Le savonner sous une douche torride. Le masser avec des crèmes épaisses et des baumes aux herbes. Malaxer ses muscles tendres. L'embrasser était la cerise sur le gâteau.

Je tapotai ses fesses.

— Tu as dit que tu étais salope à la fac, et puis tu as fini dans la crique en tant que nouveau vierge. Qu'est-ce qui a changé ?

— Mmhmm, acquiesça-t-il en éraflant mon torse avec son menton barbu. J'ai monté une société technologique, qui a gagné un certain sens d'ubiquité. La plupart des gens pensent qu'il s'agit simplement de faire éclore une nouvelle idée, puis de voir l'argent rentrer, mais ce n'est pas un dixième de la vérité. Cette nouvelle idée doit rester nouvelle, fraîche. Elle doit évoluer plus vite que ses utilisateurs, et anticiper les besoins. Les actionnaires attendent de l'innovation, mais réclament aussi des revenus fiables. Il y a toujours des échecs. Chaque jour, sa nouvelle crise.

Je hochai la tête, sans savoir quoi dire.

— Et je... j'ai commis quelques erreurs, expliqua Cole. Il y a quelques années, quand je débutais à peine, j'ai fait confiance à quelqu'un. Je n'aurais pas dû.

Je me déplaçai pour croiser son regard.

— Qui dois-je tuer ?

Cole rit faiblement.

— C'est du passé. Ce n'est plus important.

— Le passé reste dans le présent, dis-je.

— Surtout avec un procès, confirma Cole. Nous étions

proches. Amis, puis amants, ensuite il est devenu un membre essentiel de mon équipe. Il a récolté des informations confidentielles sur ma société, sur moi, et les a vendues au plus offrant, lâcha-t-il avec un lourd soupir. J'ai eu quelques coups d'un soir depuis, mais rien de plus.

Une inspiration surprise s'échappa de mes lèvres. Je ne savais pas ce que Cole s'apprêtait à me dire, mais je ne m'attendais pas à ça.

— Tu plaisantes ? Quelqu'un t'a fait ça ?

Il secoua la tête contre mon torse.

— Et je n'effleure que le sujet, bébé. Ce n'est pas clair sans tout le contexte. La Silicon Valley est un lieu complexe, et mon entreprise...

— Cole, arrête, l'interrompis-je.

Je voulais en savoir un peu, mais pas tout.

— Je comprends ce que tu dis. Tu n'as pas à m'expliquer tous les rouages.

Il leva la tête, les sourcils froncés comme s'il m'avait mal entendu.

— Ah non ?

Je contemplai le paysage par la fenêtre un long moment. Quand j'étais petit, je croyais à toutes sortes de monstres marins qui vivaient dans les profondeurs froides de l'Atlantique. Ils étaient là, à engloutir des bateaux et à combattre requins et baleines. Dans mon esprit d'enfant, je me convainquais que j'étais en sécurité tant que je voyais le littoral. Les monstres n'osaient jamais pénétrer la zone intertidale.

C'était ce que je ressentais pour Cole, et la vie qu'il menait au-delà de la zone. Si nous restions sur un terrain connu, nous resterions en sécurité.

— Tu possèdes une entreprise de technologie.

— Que cinquante pour cent, ajouta-t-il. Mon équipe de départ et les actionnaires possèdent le reste.

— Tu possèdes la majorité d'une entreprise de technologie, corrigeai-je. Et un enfoiré te l'a fait à l'envers. C'est tout ce que j'ai besoin de savoir.

Même après toutes ces années à travailler sur l'eau, une partie de moi continuait à croire aux grands monstres marins inconnus. Des bêtes qui s'approchaient furtivement et frappaient sans prévenir.

— Tu en es sûr ? demanda Cole.

— Oui. Je veux Cole, le marin perdu. L'homme à la mer. Celui qui a fait irruption pendant ma séance de masturbation, dis-je avec un rire. Ne gâchons pas tout ça avec trop de réalité. D'accord ?

Cole leva la tête et me regarda, les lèvres pincées et les sourcils toujours froncés. Pendant une seconde, je crus qu'il allait me dire que je racontais des conneries. Me contredire en m'accusant d'être illogique et déraisonnable, que je n'aurais jamais accepté s'il m'avait dit la même chose. Cependant, il posa la main sur mon cœur et me gratifia d'un rapide sourire.

— D'accord.

— D'accord ? répétai-je.

— Car parler de ces trucs d'entreprise pourris me stresse. Je préférerais que tu me parles de toi. Pourquoi aucun homme ne t'a-t-il couru après ? Tu es un sacré cuistot, tu te laves régulièrement et tu as la plus incroyable collection de sex toys. Tu es vraiment l'ours parfait.

Je reposai ma tête sur le coussin et fixai le plafond alors qu'un petit rire sortait de ma poitrine.

— Peut-être que je ne veux pas qu'on me coure après.

— Tout le monde le veut, répliqua Cole. Il n'y a personne dans ce monde qui ne le souhaite pas. On le veut de différentes manières, à des moments différents, mais on le veut quand même. On en a *besoin*, même quand on dit que ce n'est pas le cas. On veut être accepté, chéri, adoré. On veut quelqu'un qui approuve nos âmes compliquées et désordonnées, et qui aime ce désordre et ces complications.

— Peut-être, lui concédai-je. Mais certaines personnes veulent juste se faire baiser pendant leurs vacances.

— Tu parles de moi ?

Cole s'éloigna de mon torse et me lança un regard noir.

— Tu sais que je n'ai même pas amené de lubrifiant avec moi. Je ne suis pas venu ici dans l'intention de me faire baiser.

Je le pris dans mes bras et le replaçai sur mon torse.

— Non, je ne parle pas de toi, idiot. Mais tu n'es pas le premier à passer l'été dans le Maine. Bien trop de fois, je suis tombé éperdument amoureux d'un beau jeune, seulement pour qu'il parte ensuite à la fin de l'été sans un regard en arrière. C'est une destination touristique pour eux, et les touristes ne restent pas.

Cole planta de petits baisers sur mon sternum en grommelant :

— Je suis désolé, bébé.

— Ils retournent toujours vers leurs copines aussi, grognai-je.

— Je les déteste, siffla-t-il. Ils ne te méritent pas, toi et ta queue médaillée d'or.

Je l'enlaçai en m'esclaffant.

— Une queue médaillée d'or ? À ce point ?

Cole renifla.

— Tu sais que je ne vais pas pouvoir m'asseoir pendant une semaine, dit-il. À part ces beaux jeunes, quelqu'un a-t-il déjà essayé de te garder ?

— Je ne veux pas de ça, dis-je en regrettant immédiatement la dureté de mes mots.

Je n'*avais* pas voulu. *Maintenant* si. Mais je ne pouvais pas retirer mes paroles, et je ne pouvais pas mentir sur mon passé amoureux pour parvenir à mes fins.

— Il y a une communauté gay dynamique à Portland. Le quartier West End au centre-ville possède de super bars et restaurants, j'y retrouve mes amis une fois par mois. Parfois, je couche avec un camarade de baise. Ça ne veut pas dire grand-chose.

Cole resta silencieux un moment, puis demanda :

— Je suis ton camarade de baise ? C'est ce qu'on fait ?

Je plongeai mes doigts dans ses cheveux, espérant que mon toucher dise tous les mots que je n'étais pas prêt à dire et qu'il n'était pas prêt à entendre.

— Non. Tu es mon petit prince.

Il acquiesça.

— Ça me va.

CHAPITRE 18
COLE

Cole : Autre requête.

Neera : Qu'avez-vous pour moi ?

Cole : Peux-tu dresser une liste de librairies indépendantes sur la page d'accueil ?

Neera : Bien sûr. Des particularités ?

Cole : De bonnes librairies. Pas prétentieuses ou snobs, mais communautaires, variées, typiques. Toutes les bonnes choses. Assure-toi que Harborside Books à Talbott's Cove dans le Maine apparaisse en premier.

Neera : Doit-on mentionner que vous êtes un fan de la boutique ?

Cole : Non.

Neera : Compris.

Cole : S'il y a l'occasion de faire du contenu sur les femmes entrepreneures ou les sociétés gérées par des femmes, mettez-la dessus.

Neera : Considérez que c'est fait.

Cole : Merci. Et merci de poser le moins de questions possible.

———

Neera : Je m'excuse si c'est trop osé, mais… vous allez bien ?

Cole : Super bien. Pourquoi ?

Neera : Vous mettez des jours à répondre aux messages, et ce n'est pas du tout votre genre. Vous êtes aussi plus calme que d'habitude.

Cole : Tu t'attendais à ce que je fasse une interview coup-de-poing à Fast Company ou me pointer sur le site avec l'Armée de Dumbledore pour virer mon remplaçant ?

Neera : D'une certaine manière, oui. Vous prévoyez quelque chose de la sorte ?

Cole : Non.

Neera : C'est tout ? Non ?

Cole : Ouais. Non. J'ai d'autres choses à l'esprit en ce moment.

Neera : Est-ce que ça inclut de nouveaux programmes ?

Cole : J'évite les conflits. Tu devrais toi aussi. Non. Oublie ça. Tu aurais bien besoin d'un peu de conflits dans ta vie.

Neera : Pardon ?

Cole : Fais un truc amusant. Sors de la Silicon Valley. Il y a tout un monde merveilleux en dehors de la Silicon Valley.

Neera : C'est ce qu'on m'a dit.

Cole : Sors du bureau. Ça te fera du bien.

Neera : Dis l'homme qui a été forcé de monter sur un bateau de luxe.

Cole : Je ne m'étais jamais rendu compte de tout ce qu'il y avait de bien dehors, jusqu'à ce qu'on me l'exige. Avant que tu dises quoi que ce soit, non, les séjours en équipe à Banff ou à la Sun Valley ne comptent pas. Ni l'incident dans les Appalaches. Tout ça, c'était du travail. Cet endroit est différent. Il me fait du bien.

Neera : Merci de préciser.

Cole : Il me vient à l'esprit qu'un peu de repos forcé te ferait du bien. Devrais-je te virer ? Ça aiderait ?

Neera : On en a déjà parlé. Ce n'est pas acceptable de menacer de mettre fin à un contrat dans une conversation banale.
Cole : C'est vrai. Désolé.

CHAPITRE 19
COLE

Les longues journées d'été laissèrent place aux aurores tardives et aux crépuscules de bonne heure. Les bois derrière chez Owen devinrent sanguins et dorés. L'automne approchait à grands pas, et je m'aperçus que je ne m'étais plus arrêté pour admirer le changement saisonnier depuis mon enfance. Ces jours-ci, je ne pouvais le manquer. Toute ma vie, *notre* vie, dans cette ville paisible était constamment en harmonie avec la nature.

J'avais l'habitude de croire que je savais ce que je voulais, et que je savais où je voulais être. L'esprit le plus brillant et le plus visionnaire de la Silicon Valley. La force dominante dans mon industrie. Les gens pendus à mes lèvres. Une grosse maison, de puissantes voitures, des amis influents. Plus d'argent que je ne pourrais dépenser en cent vies.

Quelque part en chemin, les caractéristiques essentielles de ma vie perdirent de leur pertinence.

Être rétrogradé était l'une des raisons, mais me perdre en Atlantique nord et naviguer jusqu'à Owen et sa crique représentaient une plus grande raison. Après six semaines ici, je savais que c'était vrai. Si je ne m'étais pas retrouvé là, j'aurais passé quelques semaines en mer, enrageant de ville touristique en ville touristique tout en concoctant un plan pour reprendre ma société.

Je l'aurais fait. Abandonner le navire, retourner en Californie, débarquer dans le bureau et me bouffer le nez avec mon remplaçant pour qu'il dégage. J'aurais crié, jeté des choses, fait une scène épouvantable. Et pendant plusieurs instants précieux, je me serais également senti mieux. Innocenté, même.

Mais cet accès de rage n'aurait rien changé. Ça n'aurait fait que confirmer à mon comité qu'il avait pris la bonne décision.

À présent, depuis le confort de la chambre d'amis d'Owen, j'étais reconnaissant du bouleversement que j'avais vécu cet été. Je n'en voulais plus au comité pour leur décision de me retirer du poste de PDG. Avec mes doigts qui pianotaient sur mon clavier, je tapais ligne après ligne mon meilleur codage depuis des années. J'étais reconnaissant de leur décision. Ils avaient remarqué tout ce que je n'étais pas disposé à accepter : mon incapacité à me soucier des détails financiers, ma relation tendue avec la prise de décisions stratégiques, ma curieuse façon de diriger ; et ils avaient décrété des changements que je n'aurais jamais pris moi-même.

La plupart du temps, j'étais le plus intelligent. J'y étais habitué. Cela avait toujours été comme ça. Il n'y avait rien que je ne puisse accomplir si je travaillais dur, étirais mes compétences et apprenais de nouvelles choses. Le savoir était ma croyance, et celle qui me persuadait que je pouvais faire tout et n'importe quoi.

Le seul problème avec le savoir, c'était que ça ne me demandait jamais si je voulais tout faire.

Je ne le voulais pas, et reconnaître cette vérité, c'était comme prendre ma première grande inspiration depuis des décennies. Mon esprit se fit plus clair, mes sens s'aiguisèrent, et mon cœur battit la chamade à la promesse de l'affection inébranlable de mon homme. Ma place était ici, et je voulais célébrer ça. Sortir de la maison, sortir en ville, voir des gens, les laisser me voir. *Nous* voir.

Malgré tout le temps que nous passions ensemble, je n'étais pas convaincu que les gens de Talbott's Cove nous voient comme un couple. Je prévoyais de changer ça ce soir.

Je sauvegardai mon travail et retirai les écouteurs à réduction de bruit. Je relevai mes lunettes sur mon crâne et étirai mes bras devant moi.

Une fois mes affaires rangées, je quittai la chambre et partis à la recherche d'Owen. Je le trouvai dans la cuisine, debout, les mains contre le plan de travail, en train de lire le journal local. Au lieu de me mettre à côté de lui, je l'enlaçai par la taille, pressai mon torse contre son dos et me blottis dans son cou.

— Sortons, murmurai-je.

— Tu frottes ta queue contre mon cul et tu veux qu'on sorte ? demanda-t-il. Tu es contradictoire, McClish.

— Je veux qu'on sorte ensemble, insistai-je en glissant mes lèvres sous son oreille.

Owen éclata de rire, le son résonna dans son corps et dans le mien.

— Tu veux un rencard avec moi ? demanda-t-il par-dessus son épaule.

Je profitai de l'occasion pour lui voler un baiser.

— On s'est bien amusés à notre dernière sortie. Il faudrait qu'on se refasse ça.

— Le rendez-vous ? demanda-t-il en posant la main sur mon cou. Ou faire des choses salaces dans les bois ?

— Oui, j'ai envie qu'on ait un rendez-vous, répliquai-je en roulant intentionnellement des hanches contre ses fesses. Et j'ai envie d'exhiber mon homme.

Il rit, d'un son riche et rugueux qui alla droit vers mon aine.

— M'exhiber ? Pourquoi ?

— Je veux que tout le monde sache que tu n'es plus sur le marché.

— Ça impliquerait quoi ? demanda-t-il. Je ne pense pas que JJ tolérerait que tu me suces sur le bar de *La Cambuse*.

Je posai mon front entre ses omoplates en riant.

— Je ne te sucerai pas sur le bar, répondis-je contre sa chemise. Je le ferai sur la banquette. Comme un gentleman.

— Bon à savoir, dit Owen en riant. Alors, on fait ça ? On va vraiment partir en rendez-vous ?

— Un vrai rendez-vous avec des trucs de rencards. Je tirerai la chaise pour toi, on aura une conversation agréable, et peut-être même que je te laisserai m'embrasser pour me dire bonne nuit devant la porte.

— Par « m'embrasser devant la porte », tu entends baiser dans les bois ?

Je glissai la main entre ses jambes, le caressant par-dessus son short.

— Je n'ai aucun problème avec cette interprétation.

Il serra mes fesses.

— Va me choisir une chemise. Je veux être présentable pour mon rendez-vous.

J'acquiesçai de la tête contre son dos, mais ne le laissai pas partir.

— Tu es sûr de vouloir faire ça ? demandai-je. Ça ne te dérange pas d'être *avec moi* dans le village ?

Owen resta silencieux un long moment, ses doigts toujours sur mes fesses. Il finit par répondre :

— Non. Je ne cache pas qui je suis, et je ne veux pas te cacher.

CHAPITRE 20
OWEN

Nous marchâmes jusqu'au village en suivant le chemin tortueux dans les bois. Des bandes de lumière transperçaient la canopée, donnant aux bois une ambiance lumineuse et aérée, sans la sombre séduction que nous avions échangée toutes ces semaines auparavant.

— Comment se passe ton projet ? demandai-je en jetant un regard à Cole alors que nous approchions la fin du chemin. Tu semblais très concentré aujourd'hui.

Il inclina la tête.

— Ça se passe bien. Ça se passe très bien. Je fais pas mal de progrès.

J'hésitai. Je détestais tenter le diable en posant des questions sur son travail.

— Qu'est-ce qui se passe quand tu as fini ? questionnai-je. Est-ce que ça signifie... que tu retourneras en Californie ?

— C'est toute la beauté d'Internet, Bartlett, dit Cole avec un sourire éclatant s'esquissant sur son magnifique visage. Je peux le faire d'où je veux.

C'était une réponse sans en être une. Que ce sujet soit extrêmement sensible pour moi ne m'échappa pas non plus.

À n'importe quel bla-bla de Cole, je me préparais à l'impact.

— Tant que ça ne te gêne pas, ajouta-t-il. Je ne veux pas dépasser la durée de ton accueil.

— Tu travailles gratuitement pour moi. Ce n'est pas du super travail, mais c'est gratuit. Je ne peux pas me plaindre.

— Quel vieux salaud grincheux, murmura-t-il.

J'ouvris la porte de *La Cambuse* et lui fis signe d'entrer.

— N'est-ce pas comme ça qu'on est censés faire ? demandai-je. Vu que c'est un rendez-vous.

— Si c'est un rendez-vous, tu devrais reluquer mon cul pendant que je passe la porte.

Il passa la porte, regardant par-dessus son épaule pour vérifier si je le matais.

— Je n'ai pas besoin d'une occasion pour reluquer ton cul, dis-je en glissant ma main dans sa poche arrière. Mais si tu veux savoir, ce short te va à merveille.

Je ne m'arrêtais pas de le toucher surtout depuis que j'en avais gagné le droit. Je n'avais jamais vraiment réfléchi à qui pourrait le remarquer, mais c'était différent ce soir. Je voulais que tout le monde le remarque.

Il me sourit en roulant un peu des mécaniques, mais mon regard était posé sur la femme au fond du bar, un livre ouvert dans les mains. Des semaines s'étaient écoulées depuis cet échange plus que gênant avec Annette à la librairie. Nous l'avions vue en ville, bien sûr, mais nos chemins ne s'étaient pas croisés. Jusqu'à maintenant.

Cole suivit mon regard, grommelant en la reconnaissant.

— Elle a l'air occupée. Nous devrions la laisser tranquille. Si elle veut discuter, elle viendra nous voir.

En acquiesçant, je me dirigeai avec lui vers un box libre. Nous nous assîmes face à face, sa main sur la mienne, et nous demandâmes quelles bières prendre.

— Je veux goûter le panaché, dit-il en fronçant les sourcils et en étudiant le menu.

— Je t'en prie ne fais pas ça, répliquai-je. Ce n'est pas juste de mélanger de la bière avec de la limonade. Ça constitue un crime contre la raison.

— Mais je n'aime pas les bières au houblon, argumenta-t-il. Celles que tu bois ont le goût de jus de pomme de pin.

Distraitement, il passa son pouce sur sa lèvre du bas. Je voulais bondir par-dessus la table et faire la même chose, pour la simple raison que je n'avais pas senti ses lèvres depuis une demi-heure.

— Alors, essaie la bière belge au froment. Si tu es sympa, JJ te mettra une rondelle d'orange avec. Ça aura le même goût si tu fermes les yeux.

Cole me regarda, ses lèvres se retroussant en un sourire bête.

— On est toujours en train de parler de bière ?

Je m'esclaffai.

— Presque. On pourrait dire la même chose des boules.

— C'est faux.

Il pointa le menu, ordre silencieux pour me dire de me concentrer sur la bière que je voulais, plutôt que sur sa bouche.

La serveuse prit notre commande. Une brune Juliet Imperial pour moi, une blonde Night Swim'ah pour lui.

— Allez. Finissons-en avec ce rendez-vous.

— Tu viens souvent ici ? demanda Cole en réprimant un sourire.

Il n'arrivait pas à rester sérieux. Il me fit un clin d'œil et que Dieu me vienne en aide, j'en eus des papillons dans le ventre. J'étais accro à cet homme.

— Oublie ça. Parle-moi de toi. Dis-moi des choses que tu

ne m'as jamais dites. Toutes les choses qu'on a ratées. Les basiques. Qu'est-ce que tu fais pour t'amuser ?

Je levai les mains et les laissai tomber.

— Je lis. J'aime les livres, mais ça, tu le sais déjà.

— Mais je ne sais pas pourquoi, rétorqua-t-il. Commence par là.

— J'ai laissé tomber l'école quand j'étais gosse, mais maintenant, j'aurais aimé y faire plus attention. Si j'avais su ce que je savais maintenant, je n'aurais pas perdu mon temps.

— On ne nous donne jamais les choses quand on les souhaite, dit Cole. C'est la manière qu'a l'univers de se foutre de nous.

— Un truc de la sorte, dis-je en riant.

Cole prit sa bière en demandant :

— À quand remonte la dernière fois que tu as pris des vacances ? Je n'imagine pas les pêcheurs de homards prendre des vacances classiques. Les homards se fichent que ce soit Noël ou Thanksgiving, non ?

— Ça peut être un défi, c'est vrai. Mais je suis parti il y a quelques mois. Chaque année pour la Gay Pride, je jette l'ancre à Provincetown dans le Massachusetts, au bout de Cap Cod. Les autres années, j'avais loué une maison avec d'autres gars. On s'amuse toujours bien à Provincetown. Les parades, les événements, les spectacles. C'est un rendez-vous que je ne manque jamais.

— Pourquoi ? Pourquoi est-ce important ? demanda Cole.

— C'est comme revenir à la maison, mais contrairement aux parents ou à la famille, les gens t'accueillent et t'acceptent totalement. Et tu finis par avoir couché avec tout le monde à un moment ou à un autre.

Je passai les doigts sur ma mâchoire en l'observant digérer cette information. Sa mâchoire crispée et ses lèvres pincées me dirent qu'il n'était pas fan de mes exploits passés.

— Tu es déjà allé à une Gay Pride ?

Il souffla, l'air pensif. Il prit son verre, mais ne le but pas.

— Non. Je n'ai jamais su comment m'y intégrer. Si je m'intégrais.

— Crois-moi, toi et tes petits polos vous intégrerez bien, répliquai-je en riant. Peut-être... pourrais-tu venir avec moi en juin prochain. On pourrait y aller ensemble.

— Peut-être, dit-il en inclinant lentement la tête. Tes amis, ceux avec qui tu as couchés, on resterait avec eux ? C'est ce qu'on ferait ? Un groupe d'amis qui loue une maison. Des lits musicaux peut-être ?

Je croisai les bras sur la poitrine.

— Est-ce ta manière de me demander si je te partagerais ?

Cole haussa une épaule en dessinant des lignes sur la buée de son verre.

— J'essaie juste de comprendre comment ça fonctionne, dit-il.

— Non, ce ne serait pas comme ça, répondis-je très sérieux. Si on dort avec mes potes, je te mordrais le cou et pisserais autour de toi pour que ce soit bien clair. Putain, je ferais ça où qu'on soit. Je ne quitterais pas des yeux ton joli petit cul.

Ses joues rougirent, et j'aimai ça. Il se mordit la lèvre pour contenir un sourire, mais ça ne fonctionna pas. Je pris sa main dans la mienne rien que pour sentir cette électricité.

— D'accord. Bon à savoir, dit-il. À part pour cette fête, tu sors souvent de la crique ?

— Je prends de longs week-ends quand c'est possible. J'ai l'impression de toujours aller à des mariages. Avant que la loi du mariage pour tous soit promulguée à l'échelle nationale, c'était légal dans le Massachusetts. Nombre de mes amis s'y rendaient pour se marier, alors j'appareillais toujours à Cap Cod.

Je baissai les yeux, tout à coup timide.

— J'ai rempli le truc de pasteur sur Internet il y a quelques années. J'ai officié le mariage de certains de mes amis. De quelques personnes en ville également.

Cole me regarda en clignant des yeux, restant silencieux plus longtemps que ce n'était confortable dans ce genre de conversation.

— C'est... c'est incroyable, déclara-t-il.

— Tu le penses vraiment ?

— Oui, dit-il en claquant des mains sur la table. Je veux tout savoir. Comment ça a commencé ?

Je me frottai le cou en y repensant.

— Tout a commencé quand des amis à Portland planifiaient leur mariage et qu'ils ne trouvaient pas un célébrant qu'ils aimaient. Ils souhaitaient quelqu'un qui les connaissait et qui n'en avait pas rien à foutre que leur relation avance de la sorte. Pour des raisons que je ne comprends toujours pas, ils ont décidé que j'étais l'homme de la situation.

— Et tu as continué ? demanda Cole. Après le mariage, tu as continué à faire célébrant ?

— C'est à peu près ça, dis-je. Je n'avais pas l'intention de me trouver un deuxième travail dans le domaine du mariage, mais je suis heureux de prendre part à ces journées spéciales.

Il se pencha et jeta un œil au bar.

— Je veux savoir qui tu as marié ici. Tu m'as persuadé de faire la commère.

Je levai la main pour cocher les couples de mes doigts.

— Le capitaine de port et sa femme. C'était leur second mariage à tous les deux. À en croire les rumeurs, ils ont divorcé du premier parce qu'ils étaient amants et trompaient leur conjoint. Bon, dis-je en faisant une petite pause, je ne peux pas te dire si ces rumeurs sont vraies, mais je sais qu'ils se sont mis ensemble juste après leur divorce, et qu'ils étaient fiancés un mois plus tard.

— Quoi, murmura Cole. C'est un bon gars. Je n'ai pas rencontré sa femme.

— Elle est assistante médicale à quelques villes au sud d'ici.

Je levai un autre doigt.

— Le couple qui gère l'auberge. Ils ont acheté le vieux motel il y a environ huit, neuf ans, et l'ont retapé. Ils n'ont aucune famille. Ils ont déménagé ici pour recommencer à zéro après une horrible tragédie. Je ne connais pas les détails, seulement que c'était horrible. Ça ne semblait que juste de leur proposer mes services.

— Waouh, chuchota-t-il. Je n'arrive pas à croire que tu n'aies jamais mentionné ça. Les aubergistes à l'horrible histoire *et* ton deuxième travail de célébrant. Tout ce temps, et tu as gardé cet incroyable aspect de toi caché.

Je bus une gorgée de bière en réfléchissant au commentaire de Cole.

— Je ne suis pas comme la plupart des gens, dis-je prudemment. Je ne ressens pas le besoin de poster toutes mes pensées et expériences sur Internet, ou de voir les pensées et expériences des autres. Je préfère prendre mon temps pour comprendre quelqu'un facette par facette. Je ne veux réduire personne à un message ou une légende. Je veux tenir et chérir toutes les facettes, et je veux que quelqu'un fasse la même chose pour moi.

Cole posa les doigts sur ses paupières. Il rit, mais j'ignorais pourquoi. À moins qu'il pense que j'étais un idiot démodé. C'était tout à fait possible.

— Je suis si content qu'on fasse ça, dit-il en baissant les mains sur son visage. Tu me stupéfies, et je veux en savoir plus.

Je haussai les sourcils.

— Vraiment ?

— Laisse-moi tenir et chérir ce morceau de toi, dit-il. OK ?

Une sensation de chaleur descendit dans ma colonne vertébrale à ces mots.

— J'ai rencontré un couple il y a quelques années, dis-je en reposant la tête contre la banquette. Les plus étranges personnes que j'aie jamais rencontrées, mais je ne les ai jamais oubliées.

— Pourquoi étaient-ils bizarres ? demanda-t-il, son visage fendu d'un sourire chaleureux.

Je secouai la tête, ayant toujours du mal à décrire ces deux-là même après plusieurs années.

— Pour commencer, ils erraient sur les quais de Wellfleet à quatre heures du matin. Il était docteur, elle, une sorte de scientifique. Ils souhaitaient que je les prenne comme matelots de pont. Au début, j'ai cru qu'ils étaient sous ecstasy ou autre. En fait, ils étaient simplement très bizarres.

— Tu manques toujours de personnel, hein ?

J'ignorai sa remarque d'un geste.

— Je ne travaille pas quand je suis hors de la crique, mais il y avait un vétéran qui avait eu une prothèse à la hanche cette année-là. Quelques-uns parmi nous ont mis la main à la pâte pour couvrir les dépenses. Ce n'était que pour un week-end. Je n'avais pas besoin de tout un équipage pour ça.

— D'accord, maintenant nous avons établi que tu es l'homme le plus gentil du monde, dit Cole en me désignant d'un geste. Parle-moi de cet étrange couple.

— Dès le début, ils étaient attirés comme des aimants. Une alchimie si intense qu'ils en irradiaient. Ce qu'ils avaient, c'était palpable. Une part de moi était jalouse, admis-je. Mais l'autre part était heureuse d'être témoin de la présence d'un véritable amour sans limites. Même s'ils étaient embêtants.

— Tu les as mariés alors ? Sur le bateau, à quatre heures du matin ? demanda Cole. Comment ça marche, légalement ? S'ils vadrouillaient sur les quais, ils n'avaient pas pu avoir une licence de mariage officielle.

— Je les ai mariés alors que le soleil se levait sur la baie de Cap Cod. Ce fut l'une de mes meilleures cérémonies. Ce n'était pas légal, mais ce n'était pas un problème pour eux. Ils appartenaient l'un à l'autre et ça n'importait pas qu'il y ait de la paperasse pour le prouver.

Cole rit.

— Et maintenant, je suis jaloux d'eux aussi.

— Le plus étrange s'est produit l'année dernière, poursui-vis-je. On était en décembre, quelques jours avant Noël, et ils se sont pointés à ma porte. Je ne sais toujours pas comment ils m'ont trouvé.

— *Ça*, c'est étrange, dit-il.

— Ils voulaient rendre ça légal. Je les ai mariés à nouveau. Cette fois-ci, je l'ai fait au milieu de ma cuisine.

— Connaissant ta réaction quand les gens se pointent chez toi à l'improviste, médita Cole, tu dois vraiment aimer les mariages.

— Seulement certains mariages. Je ne marie que les gens que j'imagine vivre ensemble sur le long terme. J'ai refusé de le faire pour des gens qui ne semblaient pas faits l'un pour l'autre, ou prêts à s'engager. Ceux qui veulent juste faire la fête. Ceux qui ont besoin de s'occuper. Ceux qui pensent que ce n'est qu'une autre étape de leur vie. Je ne veux pas être associé aux mariages qui prennent fin, tu vois ?

— Ça veut dire que tu crois que tout le monde a un homard ?

— Un *quoi* ? demandai-je.

— Tu sais, un homard, dit Cole en riant. Comme dans cet

épisode de *Friends*. Les homards se mettent ensemble pour la vie, et ils marchent en se tenant les pinces...

— Les homards ne se mettent pas ensemble pour la vie, le contredis-je. Les femelles se relaient le mâle dominant à un certain endroit.

— Oh. C'est très différent de la relation que j'avais imaginée, dit-il en fronçant les sourcils. Ça perce quelques trous dans ma théorie.

— Biologie à part, j'y crois, déclarai-je. Tout le monde a un homard, mais il faut remonter beaucoup de pièges vides avant de le trouver.

— N'est-ce pas le côté amusant de la chose ? demanda Cole avec un sourire narquois.

— Si tu devais faire une estimation, dis-je en prenant ma bière. Combien de cœurs as-tu brisés en Californie ?

Cole fut secoué par le rire.

— Je n'ai pas besoin de faire une estimation. Zéro.

— Oh, super. Tu es l'un de ces connards qui ne se rendent même pas compte qu'ils ont meurtri le cœur d'une personne. Ça n'augure rien de bon pour moi.

— Je ne suis pas l'un de ces connards, dit-il, toujours en riant. Je suis une tout autre espèce de connard. Le genre qui travaille trop et qui n'a jamais le temps pour avoir une relation. Au bout d'un moment, à force de ne pas avoir le temps pour les relations, on oublie comment être en couple. On oublie comment parler aux gens qui ne travaillent pas pour soi. Peu après ça, la virginité revient et on commence à chercher une approche monastique de la vie.

— Ou à mettre les voiles vers le Maine ? demandai-je.

— Eh bien, oui, répliqua Cole en hésitant. Mais j'ai pris la mer parce que j'avais besoin de prendre du recul sur mon travail. Les choses ne se passaient pas bien. Non, c'est faux. Les affaires allaient bien, très bien...

— J'ai vu ton bateau, bébé, dis-je sur un ton cru et sensuel. Tu m'as aussi proposé trente mille balles pour rester dans une chambre d'amis de neuf mètres carrés. Tu n'as pas à me sortir tes salaires.

— Très juste.

Il acquiesça pour lui-même avant de continuer :

— Mais maintenant, je me demande : combien de cœurs brisés portent ton nom ?

— Je ne m'occupe pas des cœurs, mentis-je. Mon histoire se contente des relations sans attache.

Cole me regarda un long moment, le regard insondable.

— Je ne suis pas sûr de croire ça, dit-il. Tu amènes du poisson aux maisons de retraite. Tu te rends malade avec les budgets et les directives réglementaires du conseil municipal. Tu demandes des nouvelles du fils de Fitzy quand tout le monde évite le sujet. Tu as marié les aubergistes parce qu'ils n'avaient pas de famille. Tu héberges les marins perdus même s'ils te gâchent les nuits.

Il secoua la tête.

— Tu prends tout à cœur, Bartlett. Tu t'attaches.

— Peut-être, concédai-je. Mais je n'ai brisé le cœur de personne. J'en suis certain.

— Pas encore, rétorqua Cole. Tu sembles être le genre de type à avoir un chien. Tu es l'enfoiré le plus grincheux que j'ai jamais rencontré, mais sous cette carapace mal aimable se cache un intérieur doux et mièvre. Comme la crème brûlée. Alors, dis-moi. Pourquoi n'as-tu pas un chien ?

— J'en avais un, dis-je doucement en baissant les yeux avec un soupir douloureux. J'en avais une, et c'était la meilleure chienne du monde. Sheilagh. C'était la meilleure des fifilles.

— Oh, murmura-t-il. Oh, merde. Je suis désolé. Je n'aurais pas dû aborder le sujet.

Je secouai la tête et détournai les yeux.

— Ce n'est pas grave. Elle a eu une longue vie, et c'était vraiment la meilleure. Avant qu'elle ait de l'arthrite, elle adorait partir en bateau avec moi tous les jours. Elle adorait la mer. Elle montait et descendait du quai, en aboyant sur les mouettes. Je savais... Je savais qu'il était temps. Je n'avais simplement pas la force de la faire euthanasier.

Cole prit ma main sur la table.

— C'est sûr. Ça a dû être difficile.

Je haussai les épaules.

— Elle adorait prendre le soleil au phare. Elle s'allongeait devant tous les après-midis, quand le soleil était haut.

Il m'observa pendant quelques instants, sa main chaude sur la mienne et ses yeux plissés d'inquiétude.

— C'est l'endroit parfait, dit-il.

— Je l'ai laissée à la maison quand je suis sorti en mer un jour. À mon retour, je ne l'ai pas trouvée. Alors j'ai su. J'ai su qu'elle était allée au phare et... et elle n'était plus.

J'avalai le nœud d'émotions dans ma gorge.

— Elle ne voulait déranger personne. Elle voulait se réfugier à son endroit préféré un jour ensoleillé et fermer les yeux.

Cole lâcha ma main. Il sortit de sa banquette, contourna la table, s'installa à côté de moi et mit son bras autour de mes épaules.

— Owen, chuchota-t-il. Je suis tellement désolé.

— Je l'ai enterrée là-bas, au phare. Du côté des pruniers maritimes.

Je me passai la main sur le visage.

— J'ai pleuré tout du long, avouai-je en riant.

— Tu as pensé à adopter un autre chien ? demanda-t-il. Non pas que tu puisses remplacer Sheilagh.

Je haussai les épaules.

— J'y ai pensé. Mais chaque fois, je me dis que ce n'est pas

le moment. Les chiots réclament beaucoup d'attention, et je...
je ne sais pas si j'en suis capable.

— Tu as besoin d'un chien, dit Cole. Et je dois arrêter les
questions déprimantes.

Nous restâmes assis là plusieurs minutes, le bras de
Cole autour de mon torse et ses lèvres pressées contre ma
tempe. Ce fut à ce moment-là que je remarquai le silence
dans le bar. En levant les yeux, je vis les citoyens de
Talbott's Cove nous regarder. JJ était figé derrière le bar, un
torchon à la main, un verre trempé dans l'autre. Un groupe
de serveurs étaient rassemblés non loin, les bras croisés sur
la poitrine. Les clients se tenaient immobiles, fourchette à la
main et yeux écarquillés. Même Annette s'arrêta de lire
suffisamment longtemps pour regarder dans notre
direction.

— On a du public, murmurai-je à Cole.

Je le sentis sourire.

— Je sais.

JJ nous quitta des yeux et posa son torchon et son verre.

— Il n'y a rien à voir ici, cria-t-il, son accent du Downeast
plus présent que jamais. Mangez, occupez-vous de vos
oignons. Vous tous. Si vous voulez fixer mes clients, sortez
d'ici.

Une rafale de soulagement s'engouffra en moi. Je ne
m'étais jamais attendu à de l'acceptation ou quelque chose de
similaire de la part de ces gens, mais le monde était plein de
contradictions. Les gens bien faisaient souvent des choix
détestables. Les amis vous tournaient le dos et les familles
vous fermaient les portes. Ça importait que JJ soit prêt à nous
défendre, plus que ce que je pensais.

Je pris le visage de Cole et l'embrassai. Ce fut rapide, aussi
rapide que j'en étais capable avec lui, et quand je me reculai,
La Cambuse avait repris le cours de sa normalité.

— Merci de t'être rapproché. J'aime quand tu es à côté de moi.

Il haussa les sourcils.

— Tu aimes avoir facilement accès à ma queue.

— J'aime ces deux choses, dis-je en riant tout en posant ma main sur sa cuisse. J'y penserai. Au chien. J'ai besoin d'un peu de temps.

Cole secoua la tête.

— Je te connais, dit-il. Tu dois réfléchir à tout.

— Tu devrais savoir que Sheilagh avait l'habitude de dormir sur le lit avec moi. Si elle était encore en vie, elle serait montée sur toi et aurait dormi là.

— Douillet, murmura-t-il. Hé. Voilà qui est intéressant. C'est qui ?

Il pointa du menton le fond du bar. Je tendis le cou pour voir un homme aux côtés d'Annette.

— Jackson Lau, dis-je. Le chef de police de la ville.

Nous espionnions à fond à présent, et nous n'étions pas les seuls. Tous les regards autrefois sur nous étaient désormais posés sur eux. Talbott's Cove était un moulin à rumeurs basé sur l'égalité des chances.

Jackson sortit son portefeuille de sa poche arrière et posa un peu d'argent liquide sur le bar. Il posa la main dans le bas de son dos et inclina la tête vers la sortie.

— Ils semblent... proches, dit Cole. Et par « proche », j'entends qu'il la...

— *Non.*

Je lui jetai un regard assassin.

— Je ne veux pas connaître tes sales pensées face à cette situation.

Les lèvres retroussées, Annette descendit du tabouret de bar et rangea son livre dans son fourre-tout. Elle s'apprêtait à le mettre à son épaule, mais Jackson le lui prit avant. Elle lui jeta un regard noir. Je ne pouvais expliquer l'origine de ce sentiment, mais j'étais fière d'elle. J'avais envie de lui taper dans les mains, et de lui dire de le faire ramer.

— Oui, ils sont *très* proches, admis-je.

— Tu vois ? C'était une bonne chose de rompre avec elle.

Je levai les yeux au ciel.

— Je n'ai pas rompu avec elle.

— Presque, répliqua-t-il.

Jackson et Annette traversèrent le restaurant, sa main dans le bas de son dos et toute la ville qui les suivait des yeux. Elle regarda dans notre direction en passant, et me gratifia d'un petit sourire.

— C'est intéressant, dis-je dans un souffle tout en répondant avec un geste.

— Je suis juste content qu'elle ait trouvé son propre homme et qu'elle ait arrêté de se languir du mien, dit Cole.

Je me détournai d'Annette et Jackson pour faire face à Cole.

— Quoi ? demandai-je.

Il porta la bière à sa bouche en souriant.

— Tu m'as entendu. Tu sais que je te mordrais le cou et pisserais autour de toi, moi aussi.

Mon cœur rebondit dans ma gorge, si fort que j'étais certain de m'étouffer avec.

— Oui, répondis-je.

Puis, plus silencieusement :

— Ça fait plaisir de te l'entendre dire, petit prince.

CHAPITRE 21

COLE

CE SOIR-LÀ FUT SIMILAIRE À LA DERNIÈRE FOIS OÙ NOUS empruntâmes les bois sous l'obscurité capitonnée. Similaire et pourtant très différent. Nous marchions désormais main dans la main, sans nous révolter contre notre affinité, mais en l'acceptant, la cultivant, la partageant. Nous n'avions pas besoin d'alcool pour délier nos langues et trouver du courage. Nous connaissions le chemin qui nous mènerait à la maison, et de là, nous conduirait au lit, ensemble. C'était bien, et c'était normal.

Nous trébuchâmes sur le chemin, pas à cause de l'alcool même si ça n'aidait pas, mais parce que nous nous accrochions l'un à l'autre, pris de fous rires incontrôlables.

— Je ne saurais dire si JJ allait sauter par-dessus le bar et nous jeter dehors par la peau du cou, ou se mettre à applaudir lentement, dis-je.

— C'était vraiment bizarre, dit Owen en riant. Tu as vu le regard que Brooke-Ashley lui a jeté ? Elle a levé les yeux si hauts qu'ils ne sont toujours pas descendus.

— C'est vrai, murmurai-je. C'était gentil de la part des

O'Keefe de venir dire bonjour, même s'ils étaient un peu gênés de le faire.

— Oui, ils sont gentils. Ils ont eu quelques années difficiles, et ils ont galéré, mais ils te donneraient toujours leur dernier morceau de pain si tu le leur demandais.

Je ne comprenais toujours pas cette ville ou les gens qui y vivaient, mais ce n'était pas un mystère qui avait besoin d'être résolu.

Owen se tourna et me tint un regard féroce.

— Mais je ne veux plus parler d'eux, dit-il.

— D'accord. Ça me va. Peut-être peux-tu complimenter mes fesses encore une fois. C'est ce qu'on est censés faire pendant un rendez-vous.

— Je n'ai plus envie de faire semblant, dit-il d'un ton rapide et tranchant. Je veux que ce soit sincère entre nous maintenant.

— C'est sincère, dis-je, confus. Bien sûr que c'est sincère. Toute cette soirée était sincère. On ne faisait pas semblant d'avoir un rendez-vous ensemble, Owen. On était vraiment en...

— Je ne veux pas que tu partes à la fin de l'été, m'interrompit-il.

Boum. Mon cœur fit un putain de *boum.*

— Dis quelque chose.

Il s'approcha, pressant son torse contre le mien. Si cette déclaration ne suffit pas à me réduire au silence, sa queue dure sous son short le fit.

— Dis-moi à quoi tu penses.

— Je... ohhh... oui, bégayai-je en écartant les jambes et en me cambrant en direction de son manche ferme.

Il se balança contre moi et sourit quand je gémis.

— Je n'arrive pas à réfléchir quand tu fais ça, bébé.

— Essaie, pour moi, bébé. Essaie. Promets-moi de rester.

Les hanches d'Owen se ruèrent contre moi à un rythme paresseux. Nous gémîmes à ça, et j'étais prêt à éjaculer partout sur nous. Ça aurait pu être dû au frottement, mais c'était en grande majorité dû à ses propos.

— Dis quelque chose, répéta-t-il avec cette fois-ci une pointe d'inquiétude dans son ordre.

— Oui, j'ai envie de toi, haletai-je, désireux.

Le frottement sec du tissu bosselé contre mon sexe me rendait incapable de faire quoi que ce soit d'autre que de m'abandonner à ces sensations.

— Bien sûr.

— Tout à fait, dit-il en grognant.

— J'ai envie de rester, continuai-je, le peu d'attaches de ma vie en dehors de cette ville se tortillant sous ces mots. J'ai envie de rester ici avec *toi*. Mais tu devrais savoir...

— La seule chose que je devrais savoir, c'est comment tu veux que je te baise, dit-il en me poussant contre un arbre.

Un cri s'échappa de mes lèvres lorsque mon dos heurta le tronc. D'une main tremblante, je touchai la mâchoire d'Owen. Je penchai sa tête vers le haut, désirant voir la sauvagerie dans ses yeux.

— Pas cette fois, murmurai-je.

Ma main toujours sur son visage, je m'éloignai de l'arbre. J'enroulai mes doigts autour de sa ceinture et plaquai ses hanches contre les miennes. J'avais envie de lui comme rien d'autre. Si fort que c'en était douloureux. Mais j'avais envie de ça, de lui, de nous, de ces bois, et je ne pouvais me résoudre à arrêter.

— Qu'est-ce que tu crois faire, McClish ? demanda-t-il.

Mes yeux se fermèrent en me délectant du plaisir ryde son sexe se frottant au mien. Même à travers les couches de tissus, la sensation était incroyable.

— Je pourrais te faire jouir ? demandai-je. Juste comme ça ?

La main d'Owen descendit de ma taille pour se poser sur mes fesses. Il me tint en les serrant légèrement.

— Ton sourire suffirait à me faire perdre mon sang-froid, chuchota-t-il.

Ses doigts effleurèrent le bas de mon cul, la pression et le frottement me donnaient l'impression de rêver.

— Je crois que tu le sais.

— Je ne sais pas, dis-je, la gorge serrée pour réprimer un gémissement.

Avec toute la force dont j'étais capable, je le plaquai contre l'arbre, plantai un baiser au coin de sa bouche et me mis à genoux.

— À mon tour.

Cette fois-ci, je parvins à défaire son bouton et descendre sa fermeture éclair sans incident, et je baissai son caleçon. Il adorait quand je jouais un peu avec lui, le taquinais, mais je ferais tout ça une autre fois. Ce soir, j'avais faim de lui. Faim d'un morceau qui était à moi.

Les mains d'Owen glissèrent sur ma nuque.

— Bébé, non. Tu n'es pas obligé.

— J'en ai envie, dis-je les yeux rivés sur sa verge épaisse.

Avec ses cuisses tremblantes et fléchies sous mon toucher, je remontai ma langue sur sa queue. Elle était chaude et délicieuse, et je ne perdis pas de temps pour la prendre dans ma bouche.

— Putain, siffla Owen.

J'insérai un doigt en lui, rien qu'un peu, et il hurla. Il *hurla* vraiment bordel. Il éloigna brusquement ses hanches du tronc d'arbre pour s'enfoncer dans ma bouche. Il avait les mains dans mes cheveux et la cuisse rigide sous ma main libre. Il gouttait et tremblait par petites impulsions rapides. Telles les vagues à marée basse.

J'embrassai la base de sa queue et ses bourses.

— C'est bon ? demandai-je en levant les yeux vers lui.

— Ce serait cliché de te dire je t'aime maintenant ? Parce que c'est le cas. C'est vraiment le putain de cas.

Mon monde s'illumina alors, d'une explosion de chaleur et de joie, et d'une complétude, comme si j'étais emmailloté dans une étreinte intime. J'avais les mots sur le bout de la langue, mais je ne pouvais les lui retourner tant que je n'étais pas certain qu'il les pensait. Owen n'était pas du genre à exagérer, mais je devais m'en assurer.

— Pas de clichés, répondis-je en souriant contre sa cuisse. Mes fellations sont bonnes à ce point.

— Lève-toi, ordonna Owen en crochetant ses mains sous mes bras et en me relevant rapidement.

En me levant, il prit mon visage dans ses mains et m'embrassa avec fougue. Il mordilla ma langue et ma lèvre, et je le mordis en retour. Son short était toujours à ses chevilles et j'en profitai pour glisser mes doigts le long de sa raie.

— J'ai envie de te prendre tout de suite, mais je ne pense pas que la sève d'arbres soit le meilleur des lubrifiants, dis-je.

Je sentis Owen sourire contre mon cou.

— Ne faisons pas ça, dit-il. Lubrifier avec de la sève, je veux dire. J'apprécie les produits naturels, mais là c'est trop extrême pour moi. Tout le reste a l'air génial en revanche.

Je caressai et caressai son torse de haut en bas.

— Tu veux que je te prenne ?

— La réponse à cette question a toujours été oui, et le sera toujours, déclara-t-il.

Après un autre baiser mordant, je le retournai dans mes bras. Mes hanches roulèrent contre ses fesses, mon érection pile sur sa raie en le caressant. Je louchais, fou de désir, et *au bord* de cracher dans ma paume et de le prendre à sec.

Je ressentais rarement le besoin de prendre un homme de cette manière, mais avec Owen, j'avais ce besoin désespéré et haletant que je sentais remonter du plus profond de mon être. Je voulais le posséder, être avec lui de toutes les manières possibles, le marquer comme mien.

— C'est réglé, déclarai-je. Je ramène mon homme à la maison maintenant.

CHAPITRE 22

OWEN

CE FUT *LE* SOIR.

Celui où je fis mon coming-out à la ville entière.

Celui qui établit la tradition des fellations dans les bois.

Celui où j'avouai mon amour pour Cole et ne fis pas une crise de nerfs quand il rit à mes paroles.

Et aussi celui où Cole me conduisit dans la chambre, me déshabilla et me guida jusqu'au lit pour pouvoir me titiller avec sa langue pendant une éternité, alors que je me dissolvais en un éclatant désastre chatoyant d'amour, de désir et d'espoir. En cet instant, je poussais des cris et frémissais, au bord des foutues larmes alors qu'il s'insinuait en moi. Ce n'était pas la douleur qui humidifiait mes yeux, mais un désir, un spasme enfoui en moi qui ne fit que grandir en regardant sa queue se glisser dans mon corps. J'aimais cet homme, je l'aimais au-delà de la compréhension.

— C'est comment ? demanda Cole en bougeant un peu les hanches pour s'insérer petit à petit.

Il avait les paupières tombantes, les dents serrées sur sa lèvre du bas, le souffle se transformant en halètements saccadés.

— Dis-moi que c'est bon parce que c'est incroyable.

— Bon, bon, dis-je en criant alors qu'il m'étirait.

Mon membre coulait sur tout mon ventre, mais je ne pouvais me concentrer sur rien d'autre que sur la somptueuse pression entre mes jambes.

— Continue. C'est très bien, bébé. Tu es parfait.

Il me fixa en souriant comme s'il était au courant d'un secret, et j'étais complètement impuissant. Cependant, c'était moi qui détenais le secret. Mon homme doux et stupide avec sa maladresse et son côté arrogant. Il était tout pour moi, et je mourais d'envie d'être tout pour lui.

Cole remonta sa main à l'arrière de ma cuisse, la poussant davantage contre mon torse pour bien se placer. Il ferma les yeux et rejeta la tête en arrière. Pendant un instant, aucun de nous ne bougea. Il lâcha un souffle et s'agrippa fortement à mes cuisses, comme s'il avait besoin de s'accrocher à quelque chose pour se retenir. Je ne souhaitais pas cela.

— Viens là, murmurai-je en l'attirant plus près.

Sa queue était en moi, mais curieusement, il était trop loin.

Cole hocha la tête et enroula mes jambes autour de sa taille.

— Oh, putain, murmura-t-il, les yeux révulsés en trouvant son rythme. Sérieux. Tu es incroyable. Jamais plus on ne me prendra.

— Ce n'est pas une option, dis-je.

J'attrapai ses flancs, puis ses épaules et enfin, je l'étreignis une fois torse contre torse. Mes lèvres trouvèrent son cou. Je soupirai de contentement de l'avoir. En moi, autour de moi, partout.

— J'aime baiser ton cul. Tu ne vas pas m'interdire ça, menaçai-je.

— Et moi je t'aime, alors non, je ne vais pas te l'interdire.

Un rire spontané s'échappa de mes lèvres. À présent, il

effectuait des coups de reins, doux, mais violents, ce plaisir n'était rien comparé à celui qui s'était emparé de mon cœur.

— Tu m'as fait patienter, dis-je en lui souriant. Tu m'as ramené à la maison, léché le cul pendant une demi-putain d'heure, et tu as attendu d'être en moi jusqu'aux couilles pour dire ça.

Je me cambrai pour atteindre ses lèvres, espérant que mon baiser lui dirait à quel point il m'encourageait, et à quel point j'avais besoin de ces encouragements.

— Je t'aime.

Cole sourit en acquiesçant.

— Je sais, dit-il en enroulant ses doigts autour de ma queue. Ce serait cliché de jouir maintenant ? Parce que je suis à deux doigts de le faire.

Je secouai la tête, les mots bloqués dans le lourd nœud d'émotions qui s'était formé dans ma poitrine. J'aimais cet homme et... lui aussi m'aimait. On ne m'avait jamais dit ces mots auparavant, on ne m'avait jamais retourné le sentiment.

Le glissement rapide de sa main sur mon sexe me mainte-nait au bord de l'orgasme, mais ce furent les merveilleux soupirs qu'il balbutiait en s'enfonçant en moi qui me firent jouir. Ils me poussèrent à bout, me déchirèrent avant de me recoudre.

Ce soir était *le* soir qui annonçait que ce ne serait pas le *seul* soir. Les choses ne pourraient que devenir meilleures.

CHAPITRE 23
OWEN

Nous étions fin septembre et je me trouvais à Portland pour la réunion mensuelle du comité de Sauvegarde des Homards du Maine. C'était vrai ce qu'on disait : il n'est roue qui se pousse qui n'ait été graissée ; mais la roue grinçante que j'étais avait été nominée pour un siège du comité après s'être plainte assez longtemps. Je préférais toujours l'océan au bureau, mais c'était gratifiant de savoir que j'apportais un peu ma pierre à l'édifice.

Mais cette réunion ne put s'ajourner assez rapidement. Demain marquait la huitième semaine de Cole à Talbott's Cove. Nous allions fêter ça avec un dîner spécial ce soir.

Ces semaines n'avaient été rien de moins que magique. Et je n'étais pas du genre à dire des paroles en l'air. Avec Cole, je ressentais des choses que je n'avais jamais ressenties avant. Je souhaitais également plus. Des choses que je ne pensais pas faites pour moi.

L'amour. La famille. L'éternité. Et j'avais vraiment envie de tout ça avec lui.

Alors j'allais sortir le grand jeu ce soir. J'allais le nourrir avec les meilleurs steaks et le meilleur vin que je pourrais trouver, et lui dire que je voulais que ça devienne officiel. Il était temps pour lui d'emménager ici, entièrement. Nous pourrions transformer l'une des chambres en bureau. Il pourrait se débarrasser de sa maison en Californie. À l'évidence, il pouvait gérer son affaire depuis le Maine. Il y était très bien parvenu ces deux derniers mois.

Il emménagerait, nous aménagerions un bureau pour lui et vivrions ensemble. Et peut-être... peut-être pourrions-nous prévoir de descendre à Cap Cod l'été prochain pour échanger nos vœux. Une visite à Provincetown lui ferait du bien.

Ce *peut-être* donnait envie à mon cœur de s'échapper de ma poitrine parce que le *peut-être* devait être un *oui*. Ça devait l'être.

Cole se chargerait du dessert ce soir. J'espérais que ce ne serait rien d'autre que de la chantilly sur la queue de mon fiancé.

Les réparations du bateau de Cole s'étaient terminées la semaine précédente, mais cet événement arriva sans tambour ni trompette. C'était un appareil remarquable, à présent qu'il ne déconnait plus et qu'il n'était pas échoué, et nous le prîmes pour nous rendre aux Isles of Shoals le week-end suivant. C'était une pause agréable dans notre routine habituelle, et nous en avions besoin. La vie était belle, mais trépidante. Nous étions en pleine saison du homard, et Cole passait plus de temps sur ses projets quand nous ne remontions pas des pièges.

Même si cela signifiait passer moins de temps ensemble, je comprenais que Cole ait besoin de travailler. Qu'il ait été capable de travailler tout l'été sur mon pont était un vrai cadeau, mais je savais que ça ne durerait pas. Il avait eu une réunion téléphonique quelques jours auparavant, et même si je n'avais pas l'intention de tout écouter, je me surpris à me prendre de passion pour son ton autoritaire. Ce qu'il disait n'importait pas. J'aimais le Cole aux commandes. Je voulais voir davantage cette facette-là de lui.

Au lieu de parler boutique après la réunion, je m'activai et me dirigeai vers le centre-ville de Portland. Ma liste de courses était longue, et j'avais exactement sept minutes pour trouver tout ce dont j'avais besoin et prendre la route si nous voulions manger avant l'émission Thursday Night Football. C'était le genre de situation que me faisait remettre en question le désir de Cole d'installer l'un de ses enregistreurs numériques.

Il était gentil comme ça, toujours à m'encourager à essayer de nouvelles choses, sans jamais me forcer. Il se moquait que je déteste le bourbon ou les livres électroniques, ou que je préfère le plug anal dans *son* cul. Je n'étais pas aussi gentil. La vie solitaire que j'avais autrefois considérée comme convenable était désormais remplie de tendresse et de rire, mais mon côté salaud grincheux n'avait pas disparu pour autant.

Peut-être était-ce la raison pour laquelle je soupirais comme un adolescent de mauvaise humeur et que je tapotais mon chariot de courses, pendant que la femme devant moi tendait à la caissière une liasse de coupons de réduction plus épaisse que la Bible. La nourriture, notre avenir, le foot, la baise. C'était ce qui était prévu ce soir, et Cathy Coupon gâchait tout mon programme avec son côté économe.

Tendant le cou pour trouver une caisse plus rapide, je me retrouvai à contempler la dernière personne que je m'attendais à voir à Portland : Cole. Cependant, ce n'était pas lui, pas le Cole que je connaissais. C'était une version de lui élégante, gominée, au faux sourire et en costume-cravate, avec « Où est passé Cole McClish ? » sur son torse.

Pourquoi mon homme *se trouve-t-il sur la couverture d'un magazine et pourquoi les gens se demandent-ils où il se trouve ?*

Je me saisis du magazine sur l'étagère et feuilletai les pages pour trouver l'article sur Cole, tout en dirigeant mon chariot vers la caisse moins de dix articles. Je me fichais d'avoir plus de dix articles. Si la caissière le remarqua, elle s'en moqua également. Peut-être était-ce moi qui ne remarquai pas, car la seule chose que j'avais en tête pendant que je lisais, c'était cette pensée incessante : *Je pensais le connaître.*

Payer, quitter le magasin, monter dans mon fourgon, rentrer à la maison ; je ne me rappelais rien de tout ça. En revanche, je me souvenais de chaque mot de l'article sur Cole. Je ne pouvais supporter ça. J'avais tout donné à cet homme, tout, et j'avais pensé tout recevoir de lui en retour.

Mais l'histoire de Cole était bien plus que ça. Les secrets, les histoires, les situations que je ne comprenais pas et m'efforçais à ne pas étudier. Mais je m'étais convaincu que la réalité n'était pas si différente du fantasme. Il était riche et talentueux, et avait assez d'influence pour prendre son été sans problème. Je pouvais le supporter. Toutefois, sa réalité n'était qu'une infime fraction de celle que j'avais imaginée, une réalité qui nous privait de toute possibilité d'un avenir ensemble.

Il n'y avait pas de place pour moi dans un monde qui impliquait des fortunes colossales.

J'étais un type robuste et coriace. Être un pêcheur de homards m'avait rendu ainsi, et être seul toutes ces années également. Je ne me considérais pas comme sensible ou délicat, mais tout à propos de ceci me blessait. Sur le trajet du retour vers Talbott's Cove, je gardai un poing contre ma poitrine pour réprimer la douleur grandissante.

Il était assis sur le canapé quand je rentrai, ses longues jambes étirées, l'ordinateur sur les genoux, les lunettes sur la tête. Je n'avais pas les mots, et ne pus rien offrir de plus qu'un claquement de porte en guise de salut.

— Hé, comment...

Sa voix faiblit quand je tournai le magazine dans sa direction.

— Oh, merde.

— C'est tout ? aboyai-je. Tout ce que tu as pour moi, c'est un *oh merde* ? Tu es un putain de milliardaire, tu as inventé, genre, tout Internet, et tu n'as pas jugé bon de le mentionner ? Tu n'as pas pensé que je méritais de le savoir ?

Cole ferma l'ordinateur et contempla le sol. Des secondes qui ressemblaient à des putains d'heures sans un mot.

— Je suis désolé.

Il se leva, grimaçant face au magazine en m'approchant.

— Je ne voulais pas que ça se passe comme...

Il regarda le magazine qui pendait à ma main comme un vieil avis de recherche.

— ... Comme ça. Mais tu as dit que tu ne voulais pas savoir. J'ai essayé de te le dire.

Quelque part en chemin, j'avais arrêté de le voir comme un fantasme. Je me permis d'oublier les aspects de sa vie qu'il ne mentionnait pas, et dans cet oubli, j'avais cru qu'il pourrait être à moi.

Jamais je ne m'étais préparé à ce genre de statut et de louanges qui mettraient son visage sur des magazines. La différence de nos mondes n'importait plus.

— Il y a une différence à savoir que tu es riche et important, et *ça*.

Je secouai le magazine. Ce n'était pas important que je lui demande de m'épargner les détails de sa vie sur la côte ouest. Que je réclame des mensonges.

— Je sais que mon monde n'est pas comme le tien. Je l'ai toujours su. J'ignorais que tu étais le maître de l'univers en ligne. Tu es le roi de tout le putain d'Internet.

Fronçant les sourcils, il croisa les bras sur la poitrine.

— Tu exagères. Je ne suis pas le roi d'Internet.

— Mon cul, criai-je.

Il haussa les épaules.

— Être roi suggère de détenir le pouvoir par le lien du sang. Je ne suis pas né dans ce monde. Je suis plus un alchimiste.

— Oh, mon Dieu, Cole, hurlai-je. Ferme ta gueule.

Il fut assez courtois pour arrêter de parler et lever les mains en signe de capitulation.

— L'article disait que tu étais à la recherche d'un « filon créatif éclairant » et d'une « renaissance spirituelle et stratégique », peu importe ce que ça signifie. C'était ça pour toi ? demandai-je. Un genre d'expérience ? Te rendre dans le Maine, baiser un pêcheur de homards et trouver ta prochaine grande idée ?

— Bien sûr que non, répondit-il. J'ai eu tort. J'aurais dû te le dire, et j'ai voulu te le dire de si nombreuses fois.

— Mais tu as décidé de continuer à me le cacher à la place, rugis-je. Tu es doué pour ça, n'est-ce pas ? Tu t'es enfui de la Silicon Valley après l'échec d'une application. C'est pour ça que tu es là, pas vrai ?

— Rien de tout ça n'importe, Owen, soutint-il. Tu es le seul qui me connaisse, le vrai moi. Tu dois me croire.

Je me détournai de lui, rivant mon regard vers l'océan.

— Je croyais te connaître, mais cet article me prouve le contraire.

— Je peux t'affirmer que cet article est bidon. On écrit des histoires et des articles sur moi tous les jours. Des livres entiers sur moi, mon entreprise, mon approche des affaires. Je sais que c'est tout nouveau pour toi, mais...

— Je ne suis pas stupide, Cole, l'interrompis-je.

Il se frotta les tempes.

— Ce n'est pas ce que je dis. J'avais tort, Owen. J'aurais dû te le dire. Te plaquer et te forcer à écouter. Mais j'adorais que tu me connaisses moi, celui qui avait dérivé dans la crique, pas le roi d'Internet.

Ses lèvres se retroussèrent en un sourire triste.

— Tu m'as trouvé et tu m'as pris quand j'étais seul et perdu. Tu as accepté l'homme qui tombait par-dessus bord. Celui qui devait apprendre comment laver la vaisselle et qui t'importunait avec des milliers de questions. Je voulais que tu aimes *ce* type, et non celui qui gère une entreprise.

— *J'ai aimé* cet homme, mais je ne peux pas aimer celui-ci, dis-je en désignant le magazine.

— Bordel, Owen, cria-t-il. Ne dis pas ça. Ne dis pas ça, putain.

Les amourettes d'été n'étaient jamais faites pour moi. Ça ne durait pas. Je me faisais des illusions et la marée les emportait à chaque fois.

— Je pense que tu devrais t'en aller.

Cole ferma les yeux, baissa la tête en avant et affaissa les épaules. Pendant un instant, mon cœur brûla d'envie de le réconforter. Et le maudire pour ça. Même au plus mal, je continuais à me soucier de lui.

Ces quatre murs étaient imprégnés des souvenirs de ces huit semaines passées, de *nous*, et je ne pouvais m'y abandonner, pas maintenant. Je lâchai le magazine et me dirigeai vers le porche. La mer m'apaiserait ce soir.

— Sois parti quand je reviens.

Cole : Tu étais au courant pour la couverture de TechToday ?

Neera : Non. Ils ne m'ont pas contactée, ni moi ni l'agence de communication pour obtenir des commentaires.

Cole : Mais tu étais au courant de sa parution ? Et tu ne t'es pas dit que j'avais besoin d'être mis au courant de ça ?

Neera : Oui, j'étais au courant. Non, je n'ai pas cru nécessaire de vous le dire. Ce n'était pas pertinent. Des douzaines d'histoires similaires ont été publiées ces dernières semaines.

Neera : Il y a un problème ?

Cole : Des problèmes, au pluriel.

Neera : OK. Qu'est-ce que je peux faire ?

Cole : Je vais avoir besoin de ton aide. Je dois appeler mon remplaçant.

Neera : Je m'en occupe.

Cole : Prépare un pilote et un jet. Si demain ne se passe pas comme je l'espère, je vais devoir rentrer à la maison.

Neera : Puis-je vous demander ce qu'il se passe demain ?

Cole : Je vais supplier l'amour de ma vie de me redonner une chance malgré ma liste extrêmement longue de défauts, d'imperfections et de faux pas.

Neera : Très bien. Où ce jet devra-t-il passer vous prendre ?

Cole : Je me trouve à Talbott's Cove, dans le Maine.

Neera : Pardonnez-moi de vous demander ça, mais si les choses se passent comme vous l'espérez, prévoyez-vous de rester là-bas ?

Cole : J'aimerais. S'il accepte.

Neera : Alors je ferai tout mon possible pour que ça arrive.

Cole : Merci. J'apprécie, N.

Neera : Je suis là pour ça. J'ai pensé que vous trouveriez un endroit et y resteriez pour l'été. Je suis heureuse que vous l'ayez découvert et quelqu'un avec qui le partager.

Cole : Quoi ?

Neera : La librairie que vous m'avez demandé de partager se trouve à Talbott's Cove. Et les associations océaniques à but non lucratif que vous m'avez demandé de mettre en avant se trouvent également dans le Maine.

Neera : J'ai aussi reçu une facture du fabricant de voilier la semaine dernière. Celle-ci mentionne la livraison à la marina de Talbott's Cove.

Cole : Tu savais ? Pendant tout ce temps, tu savais où j'étais et tu n'es pas venue me chercher ?

Neera : Vous ne vouliez pas que je vienne vous chercher. Je crois que vous étiez occupé à vous chercher vous-même.

———

Être milliardaire avait ces avantages. Je ne m'inquiétais pas de ne pas avoir un toit sur ma tête et de la nourriture à ma table. La santé et le bien-être de mes parents, de mes sœurs, de mes nièces et neveux étaient à l'abri.

Et quand je devais passer un coup de fil sans l'avantage du service téléphonique, j'avais un satellite de prêt.

Avec une connexion sécurisée, j'expliquai mes problèmes

avec les conneries vendeuses de TechToday à mon PDG suppléant et mon équipe de communication. Je n'employai pas mes habituels Cris, Licenciements et Lancers d'objets. Pas quand je faisais tout mon possible pour que ma voix ne se fasse pas larmoyante.

Apparemment, le nouveau Cole calme était absolument terrifiant, car ils furent très attentifs et suggérèrent toutes les contre-mesures inimaginables afin d'accuser le journaliste. Le PDG suppléant était même ouvert à mes suggestions, et ça, c'était un progrès.

Même si l'argent résolvait de nombreuses choses, ça ne résolvait pas tout. En particulier la situation avec mon ours grognon mal léché, qui se trouvait dans la baie de Jericho en cet instant. Connaissant Owen, il préférerait caler son corps massif dans la cabine exiguë de la *Douce Carolyne* et passer une nuit inconfortable en mer plutôt que de risquer de me revoir.

Il n'avait pas tort. Je ne m'étais pas montré digne de sa présence, pas quand j'avais laissé les mois défiler sans rien lui dire. J'avais eu des occasions de mettre le sujet sur la table, et j'aurais dû ignorer ses changements de sujet. Je l'avais poussé à être honnête et sérieux avec Annette, même quand se cacher était la solution la plus facile. J'aurais dû écouter mes propres conseils. Au lieu de ça, je saisissais ces occasions pour le sucer et me faire prendre sur la table de la cuisine. Je le voulais tout contre moi, et je savais que parler de mon autre vie l'éloignerait. Je savais que ça se mettrait entre nous parce que ça se mettait entre moi et tout le reste.

Mais ça ne voulait pas dire que je l'acceptais, pas cette fois. Pas avec Owen.

Je restai assis sur les quais des heures durant, bien après que le soleil s'était couché à l'horizon. Le phare clignotait d'une lumière dorée, un rappel silencieux que je n'étais pas le seul à observer l'eau. J'avais les fesses endolories et le cœur lourd, mais j'allais rester là jusqu'au retour d'Owen.

Quand la lumière du bateau apparut dans la pénombre, une heure ou deux avant l'aube, je le découvris me regardant, les yeux durs et blessés.

— Je t'ai dit de partir, cria-t-il depuis le pont.

Il se détourna et s'affaira avec les cordes et les bouées.

— C'est stupide, Owen, déclarai-je alors qu'il enjambait le quai. Il faut qu'on parle.

Il se figea, les poings sur les hanches et la tête basse.

— S'il te plaît, supplia-t-il d'une voix éreintée. Je ne peux pas faire ça.

J'enroulai ma main autour de son biceps et l'attirai près de moi.

— J'ai merdé et j'ai eu tort, mais je t'aime, et tu ne peux pas te contenter de me remettre à l'eau.

En soupirant, Owen contempla les eaux sombres de la crique.

— Ta vie... elle n'est pas ici.

L'un de ces plus grands atouts était son stoïcisme. Il pouvait écouter mes confessions les plus privées et sacrées, et ne répondre avec rien d'autre qu'un soupir impatient. Un cillement. Cependant, je le connaissais, et je savais qu'il ne ressentait pas que ça. Il voulait être aimé autant que moi, et il voulait que je continue à le supplier. Ses murailles étaient peut-être hautes, mais je n'avais pas peur de les escalader.

— Ça peut le devenir, déclarai-je.

J'attirai son attention, mais bon sang, comme j'avais envie de le serrer fort quand il me faisait cette tête d'ours boudeur et triste.

— Je suis sincère. Je peux rester. Ma vie peut être où je le souhaite. Où qu'on le souhaite.

Il leva les sourcils, peu convaincu.

— Il semblerait qu'on ait besoin de toi dans la Silicon Valley.

— Je ne retourne pas dans la Silicon Valley, du moins pas d'une façon permanente. Je déteste cet endroit, dis-je en haussant les épaules alors qu'il continuait à me regarder comme s'il ne savait pas de quoi je parlais. Ils s'en sortiront sans moi, et je peux créer des applications pour que travailler à distance se fasse sans heurts.

Je baissai les mains à ma taille, la hanche inclinée.

— Il y a aussi le problème de mon petit ami qui vit dans le Maine, et une relation à distance ne fonctionne pas entre nous.

— Alors... qu'est-ce qu'on va faire ? demanda-t-il.

Ma main se posa dans sa nuque.

— Être ici m'a aidé à réaliser que je n'aimais pas diriger. Je l'ai toujours su, mais... c'était la seule chose que j'avais, tu vois ? Maintenant, je sais que je préférerais m'embêter avec des idées folles et réparer des problèmes bidon de codage. En plus, rien de tout cela ne nécessite de passer du temps au bureau. Je peux le faire de partout, tant que je suis avec toi.

Owen ne dit rien pendant une longue et pénible minute. J'avais plus envie de me noyer que de me faire rejeter à nouveau. Mais enfin, enfin putain, il m'enlaça par la taille et posa la tête sur mon épaule.

— Ça veut sûrement dire que tu vas vouloir installer tes trucs de Wi-Fi dans la maison maintenant, n'est-ce pas ?

Je ris et lui caressai le dos.

— Je les ai installés en juillet, avouai-je.

Il haussa une épaule, mais ne répondit pas tout de suite.

— Je me suis laissé croire que ça marcherait, tu sais, entre nous. Que je pouvais ignorer ta vie avant moi et que nous pouvions vivre dans cette petite bulle. Puis, j'ai vu le magazine, et...

Il soupira et ce souffle chaud fit hérisser les poils de mon cou.

— Et je me suis senti idiot. C'est la raison pour laquelle je voulais que tu partes. Pas parce que je ne voulais pas de toi.

Ses paroles étaient les plus pointues des flèches.

— Je suis sincère, Owen. Je suis tellement désolé. Dis-moi comment me rattraper.

— Plus de secrets, murmura-t-il. Et tu peux dire oui quand je te demanderai de m'épouser.

— Oui. Oui maintenant et oui à jamais.

ÉPILOGUE
OWEN

Quinze mois plus tard

— C'est quoi ce bordel pas possible ? demandai-je depuis la porte d'entrée en secouant mon manteau trempé de neige fondue.

Un vent du nord-est soufflait ce soir.

Cole leva les yeux, mais retourna rapidement à ses verres doseurs et à ses saladiers sur le comptoir.

— Je pensais que tu n'allais rentrer que dans deux heures, dit-il.

— Tu n'as pas répondu à ma question.

— Tu n'as pas respecté ton emploi du temps, répliqua-t-il en remontant ses lunettes.

Ses doigts étaient tout enfarinés, laissant des taches blanches sur sa monture foncée.

Une fois débarrassé de mes vêtements d'extérieur, je m'avançai à pas feutrés vers la cuisine pour évaluer le chaos qui s'y trouvait.

— Je ne sais pas ce que c'est, mais ça sent bon, fis-je remarquer en apercevant les plaques de cuisson qui refroidissaient près du four.

— J'ai fait du pain d'épices. Je suis en train de faire une petite réplique de la maison. Et du phare.

Il tapa le verre doseur contre le bol avant d'allumer le mixeur, l'éclat de son alliance attirant mon regard.

Je ne pus réprimer le grand sourire que j'affichais chaque fois que je la remarquais à son doigt, sur les photos indécemment romantiques de notre première danse qui étaient encadrées et accrochées au-dessus de la cheminée.

— Je suis en train de faire le glaçage là.

Nous étions à quelques jours de nos six mois de mariage. Nous avions prévu une petite cérémonie, mais je découvris que ma définition de « petit » était de cinquante pour cent différente de celle de Cole. Finalement, il fut un peu plus grand et luxueux que ce que j'avais prévu pour moi, mais nous étions deux dans ce mariage. S'il y avait bien une chose que j'avais apprise depuis que Cole avait débarqué dans ma vie, c'était que *nous* était plus important que *je*.

— Hum, commençai-je en me passant les mains dans les cheveux. Si tu avais envie de t'occuper, tu aurais pu m'aider à remonter les pièges. Tu t'ennuyais ou quoi ?

Cole continuait à m'accompagner en mer presque tous les matins, mais pas tout le temps. Il passait parfois des jours et des nuits complètement plongé dans son travail sans prendre le temps de lever les yeux, et je respectais les fluctuations de son esprit. Quand j'étais parti ce matin, il avait l'air perdu dans son codage. Pas de gâteaux en vue.

— Je travaillais et maintenant, je pâtisse, répondit Cole au-dessus du vrombissement du mixeur. C'est les vacances, et j'avais envie de faire quelque chose de festif. Vu qu'on a passé Noël dernier à Palm Springs chez ma mère...

— Où on ne s'est pas transformés en viande séchée, précisai-je.

Il me jeta un regard noir par-dessus le mixeur.

— Vu qu'on a passé Noël dernier à Palm Springs, répéta-t-il, j'avais envie de lancer une tradition à nous cette année.

— Tu t'ennuyais, résumai-je.

Cole avait du temps entre ses projets, et il s'égarait souvent pendant ce temps libre. Il s'était essayé au jardinage l'été dernier. Il en résulta une poignée de tomates et une courgette drôlement grosse avant qu'il laisse tomber pour lancer une nouvelle application, qui remporta un franc succès.

L'effet Talbott's Cove. C'était comme ça que l'appelait Cole. Tout ce qu'il créait ici faisait fureur.

Même s'il adorait vivre ici, il avait parfois encore un peu de mal à céder le pouvoir à ses collègues californiens. Ça arrivait seulement quand il était bloqué dans une lutte de pouvoir sur des problèmes et des détails que je ne comprenais pas. On pouvait compter sur Neera pour le remettre à sa place.

Celle-ci nous rendait visite environ une fois par mois. Elle prenait un avion pour le week-end, et elle et Cole passaient deux heures à travailler sur la table de la cuisine. Puis, nous prenions tous les trois la mer. Pour des raisons que je ne comprenais toujours pas, cette femme aimait trier les homards. Elle était également douée pour le faire. Il ne lui fallut qu'une rapide démonstration avant qu'elle les trie plus vite et avec plus de précision que son patron.

Cole se rendait dans la Silicon Valley de temps en temps, mais il passait la majorité de son temps ici dans le Maine. Nous y étions allés, en jet privé personnel, rien de moins, quelques mois après que tout s'était mis à chier avec sa soi-disant disparition l'année dernière. Son entreprise sortait un nouveau produit, celui qu'il avait développé pendant qu'il était mon matelot de pont, et il voulait que je sois à ses côtés pour la soirée de lancement.

Avant d'arriver, je voulais tout détester de la Californie et de son monde là-bas. C'était salaud, immature et irrationnel. Heureusement, ça ne dura pas.

La maison de Cole était immense, moderne et ennuyeuse. Je le baisai sur toutes les surfaces possibles. Ça sembla être le bon moyen pour qu'il dise au revoir à cette époque de sa vie. Comme il ne se rendait désormais que quelques fois en Californie dans l'année, il laissa tomber sa maison gigantesque pour s'en réduire à un appartement-terrasse. Si on pouvait s'en réduire à un appartement-terrasse.

Palo Alto était à n'en pas douter différente de Talbott's Cove, mais tout de même incroyable. La ville était palpitante et débordait de vie, et j'adorais ça. J'adorais l'ambiance, les lieux, la météo, même les gens qui portaient des tennis avec leur costume.

Je m'inquiétais d'être intimidé par les gens de son entreprise, ou qu'ils m'en veuillent de garder Cole sur la côte est. Rien de tout ceci n'arriva. Ils étaient amusants, fascinants et intéressés d'en apprendre plus sur notre vie dans la crique. Un type bizarre me proposa d'emmener un groupe en mer pour que le bateau de homards renforce l'esprit d'équipe, et Cole faillit presque se pisser dessus à cette proposition. Plus tard, il me dit que je pouvais accepter l'offre, crier sur des cadres toute la matinée et leur faire une facture à six chiffres pour ça.

Je n'avais pas honte de dire que j'y avais sérieusement réfléchi.

Si Talbott's Cove n'avait pas été submergée par des hommes d'affaires riches et leur budget de vacances, j'aurais accepté tout ce ridicule. Mais depuis l'annonce de Cole qu'il resterait vivre dans le Maine, les gens dans le domaine technologique venaient en masse ici. Ma ville portuaire était en train de devenir la prochaine Sun Valley.

L'auberge locale annonçait toujours complet, et certaines

gens du coin avaient entrepris de rénover leur maison et de les répertorier sur des sites de location de vacances à des tarifs indécents. Les O'Keefe furent capables de payer les frais de scolarité de leur fille *et* leur prêt immobilier après avoir loué leur maison pour l'été. JJ acheta un nouveau pot de peinture et ajouta des salades au chou kale à la carte de *La Cambuse*. Personne n'en commandait, mais le geste était amusant. Le conseil municipal débordait de propositions de restaurants, de magasins et d'hôtels. C'était la folie.

L'effet Cole McClish. C'était comme ça que je l'appelais. Tout le monde recherchait la magie qu'il avait trouvée ici.

— Oui, j'étais dans l'impasse avec mon travail et je voulais aussi te surprendre avec une nouvelle tradition, dit Cole en me clouant d'un regard dur. Mais on dirait que tu as choisi ce jour précis pour changer tes habitudes.

— Ça ne mordait pas, expliquai-je en riant. C'est souvent le cas quand les orages d'hiver s'installent.

Il leva les yeux, les lèvres entrouvertes, et contempla la neige fondue et les nuages sombres. La visibilité était basse et les vagues hautes. Vu la surprise sur son visage, il n'avait pas remarqué jusqu'à maintenant. L'étourderie était l'un des traits les plus adorables, mais aussi les plus énervants de Cole. J'étais certain que la terre pouvait se fissurer et aspirer tout autour de lui qu'il ne remarquerait que si son cul prenait feu.

— Tu es sorti par ce temps ? demanda-t-il, incrédule.

— Oui, mon cœur.

Je pointai mes cheveux trempés.

— C'est pour ça que je suis trempé. Contrairement à certaines personnes, je n'ai pas l'habitude de passer par-dessus bord.

Cole leva les yeux en direction du plafond tout en murmurant pour lui-même.

— Ça fait... trois ou quatre mois que je ne suis pas tombé.

— C'est presque un record, répliquai-je.

En levant les yeux au ciel, Cole racla les bords du saladier avec une maryse.

— Tu n'étais pas obligé de sortir, dit-il. Tu sais que je n'aime pas quand tu sors en mer par mauvais temps.

Ce fut à mon tour de lever les yeux au ciel.

— Tu n'as pas remarqué le temps jusqu'à maintenant.

— Cela n'a aucune incidence sur le fait que tu n'aurais pas dû sortir. Tu aurais pu regarder dehors, voir l'orage et retourner au lit. Je t'y aurais rejoint.

Alléger ma charge de travail était l'un des projets parallèles de Cole. Pour lui, l'argent n'était pas un problème, et je n'avais pas besoin de travailler en mer tous les jours. J'étais d'accord avec lui, jusqu'à un certain point. Contrairement aux années précédentes, je n'étais pas contraint à aller pêcher d'autres prises pendant la saison creuse du homard de janvier à juin. Je ne croulais pas sous les dépenses quand les prix du marché chutaient. Mais je ne souhaitais pas alléger ma charge de travail plus que ça. Moins parce que je ne voulais pas être un homme entretenu, mais parce que j'aimais mon travail. Il était éreintant, mais je l'aimais quand même, et je ne voulais pas l'abandonner.

Le changement ne fut pas facile et je ne m'adaptai pas à l'argent de Cole du jour au lendemain. Mais c'était un grand sujet de dispute entre nous. Il y avait des moments où je trouvais sa fortune ahurissante. Paralysante, même. Mais je ne voulais pas que cela devienne un pilier de notre relation. Cela demandait du travail. Je devais m'entraîner à gérer le choc associé au fait de dépenser de grandes sommes d'argent aussi facilement que lui. Je le tolérai quand Cole voulut passer un mois sur une île privée du Bélize après le lancement d'une de ses toutes nouvelles créations, et quand il réserva un hôtel entier à Palm Springs pour nos vacances l'hiver dernier. Au lieu de m'arrêter au fossé entre nos revenus, j'admirais le cul de mon mari en short court.

— J'avais des pièges à mettre.

J'éteignis le mixeur et levai la main pour faire taire les protestations de Cole.

— Tais-toi une minute. S'il te plaît.

Je baissai les yeux sur son tablier, recouvert d'empreintes farineuses, puis regardai à nouveau son visage. Il avait une tache sombre sur la joue, sûrement de la mélasse, et un peu de sucre saupoudré sur son sourcil. Il était un magnifique désordre, et j'étais l'homme le plus chanceux de tout l'État.

— Ne me regarde pas comme ça quand j'ai du pain d'épices dans le four, m'avertit Cole. Garde ce regard langoureux pour plus tard dans la chambre, bébé.

Je pressai mes lèvres contre les siennes et soupirai quand il sortit sa langue. Il m'attira plus près, jusqu'à ce que seuls nos vêtements nous séparent.

— Et ce regard-là dans la cuisine ? murmurai-je contre sa mâchoire. Je peux ?

— Quoi ? demanda-t-il le souffle coupé alors que je passais mon érection sur la sienne, les deux recouvertes par nos jeans. De quoi parles-tu ?

Je ris, le son délicat sortant de ma bouche en souffle étranglé.

— Il faut que je me réchauffe, et ton cul est si torride. Tu as le temps de te pencher sur le plan de travail avant que la cuisson du prochain gâteau se termine ?

Les mots étaient à peine sortis de ma bouche que le minuteur du four gémit.

— *Fait chier.*

Cole fut secoué par un rire silencieux.

— Pour répondre à ta question, bébé, non.

Avant de me détacher de lui, j'entendis des pattes glisser dans le couloir.

— Et voilà les problèmes, murmurai-je.

L'hiver dernier, nous étions allés chercher un chien croisé âgé de trois ans au refuge du coin. Nous avions attendu jusqu'à la nouvelle année, une fois le gros lancement de Cole derrière nous et après nos vacances prolongées à Palm Springs. Je n'étais pas sûr d'être prêt pour un autre chien, mais quand nous passâmes à côté du chenil de Sasha, tout changea. Son regard doux et sa joie de vivre volèrent nos cœurs.

— Elle dort jusqu'à ce que le four sonne, dit Cole. Alors, c'est mon ombre. Elle cherche les miettes.

— Je n'en doute pas.

Une grosse chienne agitée et impatiente passa entre nos jambes, pattes trépignantes et queue remuante. Je lui caressai la tête.

— C'est quoi ça ? Tu te réveilles pour le pain d'épices, mais pas pour moi ?

Avec un gémissement, elle s'assit sur son derrière, sa queue martelant le plancher. Elle était à moitié setter irlandais, elle avait une fourrure rousse chaude et brillante, mais on ignorait avec quelle race elle était croisée. Elle avait le tempérament d'un labrador, la force d'un boxer, et la sensibilité d'un petit bichon maltais.

Le minuteur du four retentit à nouveau, et Cole se dégagea de mon emprise.

— Étant donné que tu ne me pencheras pas sur le comptoir, tu peux m'aider à faire le phare en pain d'épices.

Je m'accroupis pour donner un peu d'amour à Sasha.

— Qu'est-ce que tu entends par je ne te pencherai pas sur le comptoir ? demandai-je.

— On fait ce phare, Owen, m'avertit-il. On va avoir des traditions, et tu vas sacrément les apprécier.

Avec un gémissement bas, je me relevai. Sasha nicha son museau contre ma jambe, et je répondis par une autre gratouille sur la tête. Elle sniffa et se dirigea vers Cole, plus intéressée à sniffer les miettes que ce dont j'avais à lui offrir. Je contemplai mon mari à l'autre bout de la cuisine, tout sourire en lui donnant un peu de pain d'épices.

Il fut un temps où ma vie n'était que calme et ordre. Où j'avais accepté la solitude comme unique compagne. Mais désormais, mon chien suppliait d'avoir des friandises faites maison. Mon homme inventait des traditions de Noël. Mon doigt étincelait d'une nouvelle alliance. Ma maison était pleine de bruit, de pagaille et de chaos.

— Je les apprécierai, Cole. Je promets de toutes les apprécier.

Et mon cœur débordait d'un amour que je n'avais jamais imaginé ressentir.

———

Merci d'avoir lu *Belle prise* ! J'espère que vous aimez Cole et Owen. Si vous avez apprécié cette visite à Talbott's Cove, vous adorerez Annette et Jackson dans *Bonne pioche*.

Cher Jackson,

Je vous laisse cette note parce que je sais que le shérif de la ville est très occupé et je ne veux pas vous faire perdre votre temps. Dieu sait que j'ai déjà bien abusé de votre temps.

Merci de m'avoir ramenée hier soir et... pour tout le reste. Je vous ai fait un panier de muffins aux myrtilles sauvages pour la gêne occasionnée. Cuisiner semblait approprié après m'être retrouvée nue dans votre salon.

Je n'étais pas moi-même hier soir. Je ne voulais pas vous embrasser ou caresser vos fesses ou vous poser toutes ces questions intimes. Merci d'avoir fait semblant d'aimer ça.

C'était très noble de votre part de dormir sur le canapé pendant que je faisais l'étoile de mer dans votre lit. Je n'ai pas pu m'empêcher de remarquer à quel point il était immense. Je parle du lit. Je le jure, je n'ai rien remarqué d'autre quand je suis partie le lendemain matin.

Comme vous le savez, Talbott's Cove est une ville ridiculement petite et nous ne pourrons pas nous éviter. Non pas que j'aie envie de vous éviter, bien sûr, mais je ne suis pas sûre de pouvoir vous regarder sans penser aux quarante différentes façons dont je me suis ridiculisée.

Au lieu de nous éviter, essayons d'être amis. Nous oublierons la nuit dernière… si c'est ce que vous souhaitez.

Merci de brûler cette note après l'avoir lue.

Annette

P.S : J'ai également préparé en vitesse des brioches à la cannelle. S'il vous plaît, savourez-les. Je ne suis pas sûre de savoir pourquoi, mais les brioches n'ont pas quitté mes pensées aujourd'hui.

Inscrivez-vous à la petite newsletter de Kate Canterbary, pour connaître les dernières infos sur les nouvelles parutions, les épilogues bonus et les gâteaux. Il y a toujours des gâteaux.

Rendez-vous sur le groupe de lecteurs privés de Kate pour discuter de livres, avoir un aperçu des nouvelles parutions et passer du temps avec des passionnés de livres !

SANS TITRE

À propos de Kate

Auteure de best-sellers au classement de *USA Today*, Kate Canterbary écrit des romances contemporaines torrides et pleines d'humour, de chaleur et d'amour, avec de jolies fins heureuses. Kate vit sur la côte de la Nouvelle-Angleterre avec son mari et sa fille.

Vous pouvez visiter le site de Kate : www.katecanterbary.com

REMERCIEMENTS

J'aimerais remercier Jessica Fletcher de m'avoir fait apprécier les petites villes et les pêcheurs de homards burinés, et ma grand-mère de m'avoir présenté Mme Fletcher.

J'aimerais aussi remercier Lynn Faust, la meilleure spécialiste des lucioles de la région des Smoky Mountains.

Enfin, le soutien de mon mari (sa patience et sa tolérance quand je restais sur l'ordinateur dans le lit jusqu'à deux heures du matin) est l'élément le plus important de tous mes livres.

NOTES

Chapitre 7

1. Un dessiccateur est un équipement servant à protéger des substances contre l'humidité.